Ein Mann in

David Garnett

Writat

Diese Ausgabe erschien im Jahr 2023

ISBN: 9789359251912

Herausgegeben von
Writat
E-Mail: info@writat.com

A MAN IN THE ZOO

J OHN CROMARTIE und Josephine Lackett gaben ihre grünen Eintrittskarten am Drehkreuz ab und betraten die Gärten der Zoological Society durch das Südtor.

Es war ein warmer Tag Ende Februar und Sonntagmorgen. In der Luft lag ein Frühlingsgeruch, gemischt mit den Gerüchen verschiedener Tiere – Yaks, Wölfe und Moschusochsen, aber die beiden Besucher bemerkten ihn nicht. Sie waren ein Liebespaar und hatten einen Streit.

Sie kamen bald zu den Wölfen und Füchsen und standen still vor einem Käfig, in dem sich ein Tier befand, das einem Hund sehr ähnlich war.

„Andere Leute, andere Leute! Sie berücksichtigen immer die Gefühle anderer Menschen", sagte Herr Cromartie. Sein Begleiter antwortete ihm nicht, also fuhr er fort:

„ Sie sagen, jemand fühlt dies, oder dass jemand anderes das andere fühlen könnte. Du sprichst mit mir nie über etwas anderes als das, was andere Menschen fühlen oder fühlen werden. Ich wünschte, du könntest andere Menschen vergessen und über dich selbst sprechen, aber ich nehme an, du musst über die Gefühle anderer Menschen sprechen, weil du keine eigenen hast."

Das Biest ihnen gegenüber war gelangweilt. Er betrachtete sie einen Moment lang und vergaß sie sofort. Er lebte auf engstem Raum und hatte die Außenwelt vergessen, in der Kreaturen, die ihm sehr ähnlich waren, im Kreis rasten.

„Wenn das der Grund ist", sagte Cromartie, „verstehe ich nicht, warum Sie das nicht sagen sollten. Es wäre ehrlich, wenn Sie mir sagen würden, dass Sie nichts für mich empfinden. Es ist nicht ehrlich, zuerst zu sagen, dass du mich liebst, und dann, dass du ein Christ bist und alle gleichermaßen liebst."

„Unsinn", sagte das Mädchen, „du weißt, das ist Unsinn. Es ist kein Christentum, es liegt daran, dass ich mehrere Menschen sehr liebe."

„Du liebst mehrere Menschen nicht sehr", unterbrach Cromartie sie. „Du kannst unmöglich Menschen wie deine Tanten lieben. Niemand konnte. Nein, du liebst niemanden wirklich. Sie bilden sich ein, dass Sie es tun, weil Sie nicht den Mut haben, alleine zu stehen."

„Ich weiß, wen ich liebe und wen nicht", sagte Josephine. „Und wenn du mich dazu bringen würdest, zwischen dir und allen anderen zu wählen, wäre ich ein Narr, wenn ich mich dir hingeben würde."

DINGO ♂
Canis Familiaris var.
NEW SOUTH WALES, AUSTRALIEN

„Armer kleiner Dingo", sagte Cromartie. „Sie halten hier Kreaturen unter den fadenscheinigsten Vorwänden zum Schweigen. Er ist nur der bekannte Hund."

Der Dingo jammerte und wedelte mit dem Schwanz. Er wusste, dass von ihm gesprochen wurde.

Josephine wandte sich von ihrem Geliebten dem Dingo zu und ihr Gesichtsausdruck wurde weicher, als sie ihn betrachtete.

„Ich nehme an, sie müssen hier alles haben, jede einzelne Art von Tier, auch wenn es sich als nichts weiter als ein gewöhnlicher Hund herausstellt."

Sie verließen den Dingo, gingen zum nächsten Käfig und standen Seite an Seite und betrachteten die Kreatur darin.

„Der schlanke Hund", sagte Josephine, als sie das Etikett las. Sie lachte, und der schlanke Hund stand auf und ging weg.

„Das ist also ein Wolf", sagte Cromartie, als sie sechs Fuß weiter anhielten. „Ein weiterer Hund im Käfig... Gib dich mir hin, Josephine, das klingt für mich, als wärst du verrückt. Aber es zeigt trotzdem, dass du nicht in mich verliebt bist. Wenn man verliebt ist, geht es um alles oder nichts. Man kann nicht in mehrere Menschen gleichzeitig verliebt sein. Ich weiß es, weil ich in dich verliebt bin und alle anderen Menschen meine Feinde sind, notwendigerweise meine Feinde."

"Was für ein Unsinn!" sagte Josephine.

„Wenn ich in dich verliebt bin", fuhr Cromartie fort, „und du in mich, dann bedeutet das, dass du der einzige Mensch bist, der nicht mein Feind ist, und ich der einzige Mensch bin, der nicht dein Feind ist." Ein Narr, sich mir hinzugeben! Ja, du bist ein Narr, wenn du einbildest, verliebt zu sein, obwohl du es nicht bist, und ich wäre ein Narr, wenn ich das glauben würde. Du gibst dich nicht der Person hin, in die du verliebt bist, du bist du selbst, anstatt dich in eine gepanzerte Rüstung zu hüllen."

„Hat dieser Ort außer zahmen Hunden nichts zu bieten?" fragte Josephine.

Sie gingen zusammen zum Löwenhaus und Josephine nahm Johns Arm in ihren. „ Panzerplatte . Es scheint mir keinen Sinn zu ergeben. Ich kann es nicht ertragen, die Menschen, die ich liebe, zu verletzen, und deshalb werde ich nicht mit dir zusammenleben oder irgendetwas tun, was ihnen etwas ausmachen würde, wenn sie es herausfinden würden."

John sagte dazu nichts, zuckte nur mit den Schultern, kniff die Augen zusammen und rieb sich die Nase. Im Löwenhaus gingen sie langsam von Käfig zu Käfig, bis sie zu einem Tiger kamen, der auf und ab, auf und ab, auf und ab ging, seinen großen bemalten Kopf mit unerträglicher Vertrautheit drehte und mit seinen Schnurrhaaren nur die Ziegelwand berührte.

„Sie bezahlen für ihre Schönheit, die armen Tiere", sagte John nach einer Pause. „Und Sie wissen, es beweist, was ich gesagt habe. Die Menschheit möchte alles Schöne fangen, es einsperren und dann zu

Tausenden kommen, um zuzusehen, wie es zentimeterweise stirbt. Deshalb verbirgt man, was man ist, und lebt im Verborgenen hinter einer Maske."

„Ich hasse dich, John, und all deine Ideen. Ich liebe meine Mitgeschöpfe – oder die meisten von ihnen – und ich kann nichts dagegen tun, wenn du ein Tiger und kein Mensch bist. Ich bin nicht verrückt; Ich kann den Menschen jedes Gefühl anvertrauen, das ich habe, und ich werde niemals Gefühle haben, die ich nicht gerne mit allen teilen möchte. Es macht mir nichts aus, wenn ich Christ bin – das ist besser, als unter Verfolgungswahn zu leiden und mich einzuschüchtern, weil ich meinen Vater und Tante Eily mag ."

Aber Miss Lackett sah nicht sehr eingeschüchtert aus, als sie das sagte. Im Gegenteil, ihre Augen funkelten, ihre Farbe war hoch und ihr Blick herrisch, und sie klopfte ständig mit der Spitze ihres spitzen Schuhs auf den Steinboden. Mr. Cromartie war über dieses Klopfen irritiert, deshalb sagte er absichtlich etwas mit leiser Stimme, damit Josephine es nicht hören konnte; das einzige Wort, das zu hören war, war „einschüchternd".

Sie fragte ihn sehr wütend, was er gesagt habe. John lachte. „Was nützt es überhaupt, wenn ich mit dir rede, wenn du in Wut gerätst, bevor du überhaupt gehört hast, was ich zu sagen habe?" er fragte sie.

Josephine wurde vor Selbstbeherrschung blass; Sie starrte einen ruhigen Löwen mit solcher Wut an, dass das Tier nach ein oder zwei Augenblicken aufstand und in die Höhle hinter seinem Käfig ging.

„Josephine, bitte sei vernünftig. Entweder bist du in mich verliebt oder nicht. Wenn du in mich verliebt bist, kann es dich nicht viel kosten, mir andere Menschen zu opfern. Da du das nicht tust, bedeutet das, dass du nicht in mich verliebt bist, und in diesem Fall lässt du mich nur um dich herum hängen, weil es deiner Eitelkeit gefällt. Ich wünschte, Sie würden für so etwas jemand anderen wählen. Mir gefällt es nicht, und jeder alte Freund deines Vaters würde es besser machen als ich."

„Wie kannst du es wagen, mit mir über die alten Freunde meines Vaters zu reden?" sagte Josephine. Sie schwiegen. Plötzlich sagte Cromartie: „Zum letzten Mal, Josephine, willst du mich heiraten und deinen Verwandten zum Opfer fallen?"

"NEIN! Du dummer Wilder!" sagte Josephine. „Nein, du wildes Biest. Kannst du nicht verstehen, dass man Menschen nicht so behandelt? Es verschwendet einfach meinen Atem, zu reden. Ich habe hundertmal erklärt, dass ich Vater nicht unglücklich machen werde. Ich werde nicht mit einem Schilling abgeschnitten und von Ihnen *abhängig werden, wenn Sie nicht genug Geld haben, um von sich selbst zu leben und Ihre Eitelkeit zu befriedigen.* Meine *Eitelkeit ,* denkst du, dass es meiner *Eitelkeit gefällt, dich in mich verliebt zu haben*? Ich könnte genauso gut einen Pavian oder einen Bären haben. Du bist Tarzan der Affen; Du solltest im Zoo eingesperrt werden. Ohne Sie wäre die Sammlung hier unvollständig. Du bist ein Überlebenskünstler – Atavismus in seiner schlimmsten Form. Frag mich nicht, warum ich mich in dich verliebt habe – das habe ich, aber ich kann Tarzan der Affen nicht heiraten, ich bin nicht romantisch genug. Ich sehe auch, dass Sie glauben, was Sie gesagt haben. Du denkst tatsächlich, dass die Menschheit dein Feind ist. Ich kann Ihnen versichern, dass die Menschheit, wenn sie an Sie denkt, Sie für das fehlende Glied hält. Du solltest hier im Zoo eingesperrt und ausgestellt werden – ich habe es dir schon einmal gesagt und jetzt sage ich es dir noch einmal – mit dem Gorilla auf der einen Seite und dem Schimpansen auf der anderen. Die Wissenschaft würde viel gewinnen."

„Nun, das werde ich tun. Ich bin mir sicher, dass Sie völlig recht haben. Ich werde die Ausstellung organisieren", sagte Cromartie. „Ich bin Ihnen sehr dankbar, dass Sie mir die Wahrheit über mich gesagt haben." Dann nahm er seinen Hut ab, sagte „Auf Wiedersehen", nickte kurz und ging weg.

„Elender Pavian", murmelte Josephine und eilte durch die Schwingtüren hinaus.

Sie waren beide wütend, aber John Cromartie war so verzweifelt, dass er nicht wusste, dass er wütend war, er dachte nur, dass er sehr elend und unglücklich war. Josephine hingegen war begeistert. Es hätte ihr Spaß gemacht, Cromartie mit der Peitsche zu schlagen.

An diesem Abend konnte Cromartie nicht stillhalten. Als ihm die Stühle im Weg standen, warf er sie um, stellte aber bald fest, dass das bloße Umkippen der Möbel nicht ausreichte, um seinen Seelenfrieden wiederherzustellen. Damals traf Mr. Cromartie eine einzigartige Entscheidung – eine, zu der, wie Sie schwören könnten, kein anderer Mann in ähnlichen Umständen jemals gekommen wäre.

Irgendwie gelang es ihm, im Zoo ausgestellt zu werden, als wäre er Teil der Menagerie.

Es mag sein, dass seine seltsame Vorliebe, sein Wort zu halten, ausreicht, um dies zu erklären. Aber man wird immer feststellen, dass viele Impulse völlig skurril sind und nicht mit der Vernunft erklärt werden können. Und dieser Mann war sowohl stolz als auch eigensinnig, sodass er, wenn er sich aus Leidenschaft für etwas entschieden hatte, es so weit hinauswagte, dass er sich nicht mehr davon zurückziehen konnte.

Damals sagte er sich, dass er es tun würde, um Josephine zu demütigen. Wenn sie ihn liebte , würde es sie leiden lassen, und wenn sie ihn nicht liebte, wäre es ihm egal, wo er war.

„Und vielleicht hat sie recht", sagte er sich lächelnd. „Vielleicht bin ich das fehlende Glied und der Zoo ist der beste Ort für mich."

Er nahm seinen Stift und ein Blatt Papier und setzte sich hin, um einen Brief zu schreiben, obwohl er wusste, dass er zwangsläufig leiden würde, wenn er sein Ziel erreichen würde. Eine Weile dachte er über all die Qualen nach, die es mit sich brachte, in einem Käfig zu sein, und ertrug den Spott der gaffenden Bevölkerung.

Und dann überlegte er, dass es für einige der Tiere schwieriger war als für ihn. Die Tiger waren stolzer als er, sie liebten ihre Freiheit mehr als er, sie hatten keine Vergnügungen oder Ressourcen und das Klima passte ihnen nicht.

In seinem Fall gab es solche zusätzlichen Schwierigkeiten nicht. Er sagte sich, dass er von Herzen demütig sei und dass er aus freien Stücken auf seine Freiheit verzichtete. Selbst wenn ihm Bücher nicht erlaubt wären, könnte er die Zuschauer auf jeden Fall mit dem gleichen Interesse beobachten, mit dem sie ihn beobachteten.

Auf diese Weise ermutigte er sich selbst, und der Gedanke daran, wie schrecklich es für die Tiger war, berührte sein Herz so sehr, dass es ihm leichter vorkam, über sein eigenes Schicksal nachzudenken.

Schließlich, überlegte er, war er in diesem Moment so unglücklich, dass nichts schlimmer sein konnte, was auch immer er tat. Er hatte Josephine verloren, und es wäre einfacher, diesen Verlust in der Disziplin eines Gefängnisses zu ertragen. Durch diese Überlegungen bestärkt, schüttelte er seine Feder und schrieb wie folgt:

LIEBER HERR ,

Ich schreibe, um Ihrer Gesellschaft einen Vorschlag vorzulegen, den Sie ihr hoffentlich zur ernsthaften Prüfung empfehlen werden. Darf ich zunächst sagen, dass ich die Gärten der Gesellschaft gut kenne und sie sehr bewundere? Das Gelände ist weitläufig und die Anordnung der Häuser ist praktisch und komfortabel zugleich. In ihnen finden sich Exemplare praktisch der gesamten Fauna der Erdkugel, nur ein Säugetier von wirklicher Bedeutung ist nicht vertreten. Aber je mehr ich über dieses Versäumnis nachgedacht habe, desto außergewöhnlicher kam es mir vor. Den Menschen aus einer Sammlung der Fauna der Erde wegzulassen, bedeutet, Hamlet ohne den Prinzen von Dänemark zu spielen. Auf den ersten Blick mag es unwichtig erscheinen, da die Sammlung für den Menschen zum Anschauen und Studieren geschaffen wurde. Ich gebe zu, dass man oft genug Menschen in den Gärten herumlaufen sehen kann, aber ich glaube, dass es überzeugende Gründe gibt, warum die Gesellschaft ein Exemplar der Menschheit ausstellen sollte.

Erstens würde es die Sammlung vervollständigen, und zweitens würde es dem Besucher einen Vergleich einprägen, den er selbst nicht immer schnell anstellen kann. Wenn ein gewöhnliches Mitglied der Menschheit in einen Käfig zwischen Orang-Outang und Schimpanse gesteckt würde, würde es die Aufmerksamkeit aller auf sich ziehen, die das Haus der großen Menschenaffen betreten. In einer solchen Position würde er zu tausend interessanten Vergleichen von Besuchern führen, für deren Bildung die Gärten in großem Maße existieren. Jedes Kind wuchs mit der Sichtweise eines Darwin auf und wurde sich nicht nur seiner genauen Stellung im Tierreich bewusst, sondern auch darin, wie es den Affen ähnelte und worin es sich von ihnen unterschied. Ich würde vorschlagen, dass ein solches Exemplar so weit wie möglich in seiner natürlichen Umgebung gezeigt wird, wie es derzeit existiert, das heißt in gewöhnlicher Tracht und für eine gewöhnliche Beschäftigung. Daher sollte sein Käfig mit Stühlen und einem Tisch sowie mit Bücherregalen ausgestattet sein. Ein kleines Schlafzimmer und ein Badezimmer im hinteren Bereich würden es ihm ermöglichen, sich bei Bedarf vom Blick der Öffentlichkeit zurückzuziehen. Der Aufwand für die Gesellschaft muss nicht groß sein.

Um meinen guten Willen zu zeigen, möchte ich mich unter gewissen Vorbehalten, die nicht als unangemessen angesehen werden, zur Ausstellung anbieten.

Folgende Angaben zu meiner Person können hilfreich sein :

- Rasse: Schottisch.
- Höhe: 5 Fuß 11 Zoll.
- Gewicht: 11 Stein.
- Haare: Dunkel.
- Blaue Augen.
- Nase: Adlernase.
- Alter: 27 Jahre.

Gerne stehe ich der Gesellschaft für weitere Informationen zur Verfügung.

Ich bin, Sir,
Ihr gehorsamer Diener,
JOHN CROMARTIE .

Als er hinausgegangen war und diesen Brief aufgegeben hatte, fühlte sich Herr Cromartie beruhigt und bereitete sich mit viel weniger Angst auf die Antwort vor, als die meisten jungen Männer in einer solchen Situation empfunden hätten.

Es wäre mühsam, ausführlich zu beschreiben, wie dieser Brief bei einem Abgeordneten in Abwesenheit des Sekretärs einging und wie er ihn am darauffolgenden Mittwoch dem Arbeitsausschuss übermittelte. Es könnte jedoch von Interesse sein, festzustellen, dass das Angebot von Herrn Cromartie aller Wahrscheinlichkeit nach abgelehnt worden wäre, wenn Herr Wollop nicht gewesen wäre . Er war ein Gentleman in fortgeschrittenem Alter, der bei seinen Kollegen nicht beliebt war. Aus irgendeinem Grund versetzte Mr. Cromarties Brief ihn in einen Wutanfall.

Dies sei eine vorsätzliche Beleidigung gewesen, erklärte er. Das war nicht zum Lachen. Es handelte sich um eine Angelegenheit, die ohne Frage durch ein Gerichtsverfahren ausgelöscht werden musste und sollte und sollte und muss. Es würde die Gesellschaft lächerlich machen, wenn sie es einfach hinnehmen würde. Dies und vieles mehr in der gleichen Richtung gab dem Rest des Ausschusses Zeit, die Sache noch einmal zu überdenken.

Ein oder zwei vertraten zunächst aus bloßer Gewohnheit die gegenteilige Ansicht von Herrn Wollop ; Der Vorsitzende stellte fest, dass die Anwesenheit eines so interessanten Korrespondenten wie Herrn Cromartie eine große Attraktion darstellen und das Eintrittsgeld erhöhen würde; Erst als Herr Wollop mit seinem Rücktritt drohte, wurde die Sache jedoch erledigt.

Herr Wollop zog sich zurück und es wurde ein Brief an Cromartie verfasst, in dem ihm mitgeteilt wurde, dass das Komitee bereit sei, seinen Vorschlag anzunehmen, und um ein persönliches Interview gebeten wurde.

Dieses Interview fand am darauffolgenden Samstag statt. Zu diesem Zeitpunkt war das Komitee zu der Überzeugung gelangt, dass auf jeden Fall ein Exemplar des *Homo sapiens* erworben werden sollte, obwohl es nicht davon überzeugt war, dass Mr. Cromartie der richtige Mann war, und Mr. Wollop sich nach Wollop zurückgezogen hatte Unten sein rustikaler Sitz.

Das persönliche Gespräch verlief für beide Seiten völlig zufriedenstellend und die Vorbehalte von Herrn Cromartie wurden ohne Einwände akzeptiert. Dabei ging es um Essen und Trinken, Kleidung, medizinische Versorgung und ein oder zwei Luxusgüter, die er erhalten sollte. So durfte er seine Mahlzeiten selbst bestellen, seinen eigenen Schneider aufsuchen und von seinem eigenen Arzt, Zahnarzt und Rechtsberatern besucht werden. Es sollte ihm gestattet werden, sein eigenes Einkommen zu verwalten, das sich auf etwa 300 Pfund im Jahr belief, und es war auch nichts dagegen einzuwenden, dass er in seinem Käfig eine Bibliothek und Schreibmaterialien hatte.

Die Zoologische Gesellschaft ihrerseits legte fest, dass er keine Beiträge zur Tages- oder Wochenpresse leisten dürfe; dass er keine Besucher bewirten sollte, solange die Gärten für die Öffentlichkeit zugänglich waren; und dass er der üblichen Disziplin unterliegen sollte, als wäre er eines der gewöhnlichen Geschöpfe.

Es dauerte ein paar Tage, bis der Käfig für seinen Empfang vorbereitet war. Es befand sich im Affenhaus, hinter dem ein größerer Raum für sein Schlafzimmer eingerichtet war, mit einem Bad und einer Toilette, die hinter einer hölzernen Trennwand befestigt waren. Am folgenden Sonntagnachmittag wurde er aufgenommen und seinem Pfleger Collins vorgestellt, der sich auch um den Orang-Outang, den Gibbon und den Schimpansen kümmerte.

Collins schüttelte ihm die Hand und sagte, dass er alles tun würde, um es ihm bequem zu machen, aber es war offensichtlich, dass es ihm peinlich war, und seltsamerweise ließ diese Peinlichkeit im Laufe der Zeit nicht nach. Seine Beziehungen zu Cromartie blieben stets formell und waren von äußerster Höflichkeit geprägt , die Cromartie selbstverständlich gewissenhaft erwiderte.

Der Käfig war gründlich gereinigt und desinfiziert worden, ein schlichter Teppich war ausgelegt und er war mit einem Tisch, an dem Cromartie seine Mahlzeiten einnahm, einem aufrechten Stuhl, einem Sessel und an der Rückseite des Käfigs mit einem Bücherregal ausgestattet. Nur das Drahtgeflecht an der Vorderseite und an den Seiten, das ihn auf der einen Seite vom Schimpansen und auf der anderen vom Orang-Outang trennte, unterschied es von einem Herrenzimmer. Größere Pracht zeichnete die Möbel seines Schlafzimmers aus, in dem er mit allem möglichen Komfort ausgestattet war. Ein französisches Bett, ein Kleiderschrank, ein Spiegelglas, ein Schminktisch mit Spiegeln aus Gold und Satinholz sorgten dafür, dass er sich wie zu Hause fühlte.

John Cromartie beschäftigte sich am Sonntagabend damit, seine Habseligkeiten, darunter auch seine Bücher, auszupacken, da er bis zum Eintreffen der Besucher am Montag wie eine etablierte Institution wirken wollte. Zu diesem Zweck erhielt er eine Öllampe, da die elektrische Verkabelung des Käfigs noch nicht abgeschlossen war.

Als er eine kurze Zeit beschäftigt war, schaute er sich um und fand etwas sehr Seltsames in seiner Situation. In dem schwach beleuchteten Käfig zu seiner Rechten bewegte sich der Schimpanse unruhig; auf der anderen Seite konnte er den Orang-outang nicht sehen, der sich wohl in einer Ecke versteckt hatte. Draußen lag der Gang im Dunkeln. Er war eingesperrt. Von Zeit zu Zeit konnte er die Schreie verschiedener Tiere hören, obwohl er anhand des Schreis nur selten erkennen konnte, um welches Tier es sich handelte. Mehrmals hörte er das Heulen eines Wolfes und einmal das Brüllen eines Löwen. Später wurde das Schreien und Heulen wilder Tiere lauter und fast unaufhörlich.

Lange nachdem er alle seine Bücher in die Regale geordnet hatte und zu Bett gegangen war, lag er wach und lauschte den seltsamen Geräuschen. Der Lärm verstummte, aber er lag da und wartete auf das gelegentliche Lachen der Hyäne oder das Brüllen des Nilpferds.

Am Morgen wurde er früh von Collins geweckt, der kam, um ihn zu fragen, was er zum Frühstück und tagsüber essen würde, und fügte hinzu, dass Arbeiter gekommen seien, um ein Brett an der Vorderseite seines Käfigs zu befestigen. Cromartie fragte, ob er es sehen dürfe, und Collins brachte es herein.

Darauf stand geschrieben:

Homo sapiens
MANN ♂

Dieses in Schottland geborene Exemplar wurde der Gesellschaft von John Cromartie, Esq., überreicht. Besucher werden gebeten, den Mann nicht durch persönliche Bemerkungen zu irritieren.

Als Cromartie gefrühstückt hatte, gab es sehr wenig zu tun; Er machte sein Bett und begann „Der goldene Zweig" zu lesen.

Niemand betrat das Affenhaus, bis um zwölf Uhr zwei kleine Mädchen hereinkamen; Sie schauten in seinen Käfig und die jüngere von ihnen sagte zu ihrer Schwester:

„Welcher Affe ist das? Wo ist es?"

„Ich weiß es nicht", sagte das ältere Mädchen. Dann sagte sie: „Ich glaube, der Mann ist zum Anschauen da."

„Warum er genau wie Onkel Bernard ist", sagte das kleine Mädchen.

Sie blickten Cromartie mit einem beleidigten Blick an und gingen dann sofort weiter zu dem Orang-outang, der ein alter Freund war. Die erwachsenen Leute, die nachmittags hereinkamen, lasen den Aushang verwirrt, manchmal laut, und verließen mehr als einmal nach einem hastigen Blick das Haus. Sie waren alle verlegen, bis auf einen flotten kleinen Mann, der kurz vor Ladenschluss hereinkam. Er lachte und lachte noch einmal, und schließlich musste er sich auf einen Sitz setzen, wo er drei oder vier Minuten lang würgend saß, dann nahm er vor Cromartie seinen Hut ab und ging aus dem Haus und sagte laut: „Herrlich! Wunderbar! Bravo!"

Am nächsten Tag waren zwar etwas mehr Leute da, aber kein großer Andrang. Ein oder zwei Männer kamen und machten Fotos, aber Mr. Cromartie hatte bereits einen Trick gelernt, der ihm in seiner neuen Situation von Nutzen sein sollte – nämlich nicht durch die Gitterstäbe zu schauen, sodass er oft nicht wusste, ob ihn jemand beobachtete oder nicht. Es wurde ihm alles sehr angenehm gemacht, und in dieser Hinsicht war er froh, dass er gekommen war.

Dennoch kam er nicht umhin, sich zu fragen: Was bedeutete ihm seine Umgebung? Er war in Josephine verliebt und hatte sich nun für immer von ihr getrennt . Würde der Schmerz, den er deswegen empfand, jemals nachlassen? Und wenn das so wäre, wie er vermutet hatte, wie lange würde es dann dauern?

Am Abend wurde er freigelassen und ging allein durch die Gärten. Er versuchte, sich mit ein oder zwei der Kreaturen anzufreunden, aber sie beachteten ihn nicht. Der Abend war kühl und frisch und er war froh, das stickige Affenhaus verlassen zu haben. Es kam ihm sehr seltsam vor, zu dieser Stunde allein im Zoo zu sein, und es kam ihm seltsam vor, in seinen Käfig zurückkehren zu müssen. Am nächsten Tag, kurz nach dem Frühstück, drängte eine Menschenmenge in das Haus, das bald überfüllt war. Die Menge war laut, einige Personen riefen ihm sehr beharrlich zu.

Für Cromartie war es leicht genug, sie zu ignorieren und seinen Blick nie durch das Drahtgeflecht schweifen zu lassen, aber er konnte nicht anders, als zu wissen, dass sie da waren. Um elf Uhr musste sein Wärter vier Polizisten holen, zwei standen an jeder Tür, um die Menschenmenge zurückzuhalten. Die Menschen mussten in einer Schlange stehen und ständig in Bewegung bleiben.

Das ging den ganzen Tag so, und tatsächlich warteten Tausende darauf, „den Mann" zu sehen, die abgewiesen werden mussten, bevor sie ihn zu Gesicht bekommen konnten. Collins sagte, es sei schlimmer als jeder Feiertag.

Cromartie ließ kein Unbehagen erkennen; Er aß sein Mittagessen, rauchte eine Zigarre und spielte mehrere Geduldsspiele, aber als es Zeit zum Tee gab, war er erschöpft und hätte sich am liebsten in sein Schlafzimmer gelegt, aber es kam ihm so vor, als würde er das tun Schwäche bekennen. Was es noch schlimmer, weil lächerlicher machte, war, dass der Schimpanse und der Orang-Outang nebenan jeweils an die Trennwände kamen und den ganzen Tag damit verbrachten, ihn anzustarren. Zweifellos ahmten sie damit nur das Publikum nach, aber sie trugen erheblich zum Unglück des armen Mr. Cromartie bei. Endlich war der lange Tag vorbei, die Menge zog ab, die Gärten wurden geschlossen, und dann kam eine weitere Überraschung – denn seine beiden Nachbarn gingen nicht weg. Nein, sie klammerten sich an die Drahtabtrennungen und begannen zu plaudern und ihm die Zähne zu zeigen. Cromartie war zu müde, um im Käfig zu bleiben, und legte sich in sein Schlafzimmer. Als er nach einer Stunde zurückkam, waren der Schimpanse und der Orang immer noch da und begrüßten ihn mit wütendem Knurren. Daran bestand kein Zweifel – sie bedrohten ihn.

Cromartie verstand nicht, warum das so sein sollte, bis Collins, der vorbeigekommen war, es ihm erklärte.

„Sie sind außer sich vor Eifersucht", sagte er, „dass Sie eine so große Menschenmenge angezogen haben." Und er warnte Herrn Cromartie, sehr vorsichtig zu sein und nicht in die Reichweite ihrer Finger zu kommen. Sie würden ihm die Haare ausreißen und ihn töten, wenn sie an ihn herankämen.

Anfangs fiel es Herrn Cromartie sehr schwer, dies zu glauben, aber später, als er die Charaktere seiner Mitgefangenen besser kennenlernte, wurde es zur alltäglichen Alltäglichkeit. Er erfuhr, dass alle Affen, Elefanten und Bären auf diese Weise eifersüchtig waren. Es war ganz natürlich, dass die Tiere, die von der Öffentlichkeit gefüttert wurden, Unmut empfanden, wenn sie übergangen wurden, denn sie sind alle unersättlich gierig, und je schlechter sie die ihnen gegebene Nahrung verdauen, desto mehr sind sie bestrebt, sich damit zu übersättigen. Die Wölfe empfanden eine andere Eifersucht, denn sie entwickelten ständig Bindungen zu bestimmten Personen in der Menge, und wenn die auserwählte Person sie wegen eines Nachbarn vernachlässigte , wurden sie eifersüchtig. Nur die größeren Katzen, Löwen und Panther schienen von dieser entwürdigenden Leidenschaft verschont zu sein.

Während seines Aufenthalts lernte Mr. Cromartie nach und nach alle Tiere im Garten ziemlich gut kennen, da er jeden Abend nach Ladenschluss herausgelassen wurde und sehr oft auch in andere Käfige gehen durfte. Nichts beeindruckte ihn mehr als die Unterscheidung, die die meisten der verschiedenen Geschöpfe sehr bald zwischen ihm und den Hütern machten. Wenn ein Tierpfleger vorbeikam, achtete jedes Tier aufmerksam, während sich nur wenige von ihnen überhaupt nach Mr. Cromartie umsahen. Er wurde von der überwiegenden Mehrheit mit Gleichgültigkeit behandelt. Mit der Zeit sah er, dass sie ihn so behandelten, wie sie einander behandelten, und ihm wurde klar, dass sie irgendwie erfahren hatten, dass er so zur Schau gestellt wurde, wie sie selbst. Dieser Eindruck war so überzeugend, dass Herr Cromartie ihn ohne Zweifel glaubte, obwohl es nicht leicht ist, dies zu beweisen, und noch schwieriger zu erklären, wie sich ein solches Wissen unter einer so heterogenen Ansammlung von Kreaturen verbreiten konnte. Doch die Haltung der Tiere zueinander war so ausgeprägt, dass Mr. Cromartie sie nicht nur an ihnen beobachtete, sondern es sehr bald auch an sich selbst für sie spürte. Er könnte es nicht besser beschreiben, als indem er es zunächst „zynische Gleichgültigkeit" nannte und dann hinzufügte, dass es vollkommen gutmütig sei. Normalerweise drückte sich das in völliger Gleichgültigkeit aus, manchmal aber auch in einer Mischung aus einem Gähnen der Verachtung und einem Grinsen zynischer Wertschätzung. Gerade in diesen leichten Nuancen fand Mr. Cromartie die Tiere interessant. Natürlich hatten sie ihm nichts zu sagen, und in solch einer künstlichen Umgebung waren ihre natürlichen Gewohnheiten schwer zu erkennen, nur diejenigen, die in Familien oder Kolonien lebten, schienen sich jemals vollkommen wohl zu fühlen, aber sie schienen alle etwas von sich selbst in ihrer Einstellung zu offenbaren gegenseitig. Gegenüber Menschen zeigten sie ein ganz anderes Verhalten , aber in ihren Augen war Mr. Cromartie kein Mann. Er mochte vielleicht so riechen, aber sie sahen sofort, dass er aus einem Käfig kam.

Darin liegt eine mögliche Erklärung für die oft berichtete Tatsache, dass es für Sträflinge im Gefängnis besonders leicht ist, sich mit Mäusen und Ratten anzufreunden.

Für den Rest der Woche versammelten sich jeden Tag Menschenmassen rund um das neue Affenhaus, und die Warteschlange für den Einlass war länger als an einem Premierenabend am Graben des Drury Lane Theatre.

Tausende Menschen bezahlten den Eintritt in die Gärten und warteten stundenlang geduldig, um einen Blick auf das neue Geschöpf zu erhaschen, das die Gesellschaft erworben hatte, und keiner war wirklich enttäuscht, als sie ihn sahen, obwohl viele dies behaupteten. Denn alle gingen mit dem weg, wofür die Menschen am dankbarsten sind – nämlich einem neuen Gesprächsthema, etwas, worüber jeder diskutieren und eine Meinung haben konnte, nämlich die Angemessenheit, einen Mann zur Schau zu stellen. Nicht, dass diese Diskussion auf diejenigen beschränkt gewesen wäre, denen es tatsächlich gelungen war, einen Blick auf ihn zu erhaschen. Im Gegenteil, es tobte in jedem Zug, in jedem Salon und in den Spalten jeder Zeitung in England. Witze zu diesem Thema wurden bei öffentlichen Abendessen und in Musikhallen gemacht, und Mr. Cromartie wurde in *Punch immer wieder erwähnt* , manchmal auf scherzhafte Weise. Es wurden Predigten über ihn gehalten, und ein Labour- Abgeordneter im Unterhaus sagte, wenn die Arbeiterklasse an die Macht käme, würden die Reichen „an die Seite des Mannes im Zoo gestellt, wo sie eigentlich hingehörten".

Das Seltsamste war, dass jeder der Meinung war, dass ein Mann entweder zur Schau gestellt werden sollte oder dass er nicht zur Schau gestellt werden sollte, und dass es nach einer Woche in England nicht mehr ein halbes Dutzend Männer gab, die an kein moralisches Prinzip glaubten in die Sache involviert sein.

Mr. Cromartie kümmerte sich überhaupt nicht um all diese Diskussionen, deren Gegenstand er war; Es bedeutete für ihn in der Tat nicht mehr, was die Menschen über ihn sagten, als wenn er der Affe im Käfig neben seinem eigenen gewesen wäre. Tatsächlich war es tatsächlich weniger, denn hätte der Affe verstehen können, dass Tausende von Menschen darüber sprachen, wäre das Geschöpf ebenso vor Stolz aufgeblasen gewesen, wie es jetzt vor Eifersucht gedemütigt war, dass sein Nachbar eine so große Menschenmenge anlocken sollte .

Mr. Cromartie sagte sich, dass ihm die Welt der Männer jetzt egal sei. Als er durch die Maschen seines Käfigs auf die aufgeregten Gesichter schaute, die ihn beobachteten, kostete es ihn Mühe, zuzuhören, was über ihn gesagt wurde, und nach einer Weile schweifte seine Aufmerksamkeit ab, sogar gegen seinen Willen, denn er kümmerte sich überhaupt nicht um die Menschheit Es war ihnen egal, was sie sagten.

Doch während er sich das mit einer gewissen Selbstgefälligkeit sagte, kam ihm etwas in den Sinn, das ihn so durcheinander brachte, dass er sich eine Minute lang umsah, als wäre er abgelenkt, und dann wie voller Angst in sein Versteck, seinen Platz, rannte Zufluchtsort war sein Schlafzimmer, in dem er zuvor noch keinen Zufluchtsort gefunden hatte, zumindest nicht auf diese Weise.

„Was wäre, wenn ich Josephine unter ihnen sehen würde?" fragte er sich laut, und der Gedanke an ihr Kommen war für ihn so real, dass es schien, als ob sie in diesem Moment das Haus betrat und dann schon am Gitter stand.

"Was kann ich machen?" fragte er sich. "Ich kann nichts tun. Was kann ich sagen? Ich kann nichts sagen. Nein, ich darf nicht mit ihr sprechen, ich werde sie nicht ansehen. Wenn ich sie sehe , setze ich mich in meinen Sessel und schaue auf den Boden, bis sie weg ist, das heißt, wenn ich die Kraft dazu habe. Was wird aus mir, wenn sie kommt? Und vielleicht kommt sie jeden Tag und wird immer da sein und mich durch die Gitterstäbe beobachten und mich anschreien und beleidigen, wie es manche schon tun. Wie könnte ich das ertragen?"

Dann fragte er sich, warum sie überhaupt kommen sollte, und begann sich einzureden, dass es keinen Grund gab, warum sie ihn besuchen sollte, und dass es die irrationalste Angst war, die ihn ergreifen konnte – aber das ging nicht.

„Nein", sagte er schließlich und schüttelte den Kopf, „ich sehe, sie wird bestimmt kommen." Sie kann gehen, wohin sie will, und eines Tages, wenn ich aufschaue, werde ich sie dort sehen und in meinen Käfig starren. Früher oder später wird es passieren." Dann fragte er sich, welcher Auftrag sie dorthin schicken würde, um ihn anzusehen? Warum sollte sie kommen? Wollte sie ihn verspotten und quälen, oder lag es daran, dass sie es nun, da es zu spät war , bereute, ihn dorthin geschickt zu haben?

„Nein", sagte er sich, „nein , Josephine wird niemals Buße tun, sonst würde sie es nicht zugeben, wenn sie es tun sollte. Wenn sie hierherkommt, wird sie mich noch mehr verletzen, als sie es bereits getan hat; Sie wird kommen, um mich zu foltern, weil es ihr Spaß macht und ich ihrer Gnade ausgeliefert bin. Oh Gott, sie kennt keine Gnade mit ihr."

Daraufhin begann Mr. Cromartie, der noch vor einer halben Stunde so stolz war und sagte, er kümmere sich jetzt nicht mehr um die Menschheit und nicht um das, was sie sagten, wie ein Baby zu weinen und zu wimmern, während er sich die ganze Zeit in seinem kleinen Schlafzimmer versteckte. Er saß eine Viertelstunde lang auf der Bettkante, das Gesicht in den Händen vergraben, und die Tränen liefen ihm durch die Finger. Und die ganze Zeit über war er mit seiner neuen Angst beschäftigt und sagte sich zuerst, dass sein Leben nicht mehr sicher sei, dass Josephine eine Pistole mitbringen und ihn durch die Gitterstäbe erschießen würde; Und dann kamen ihm die Gedanken, dass sie sich nicht um ihn kümmerte und nicht kommen würde, um ihn zu verletzen, sondern aus bloßer Liebe zum Ruhm und um bei ihren Freunden oder in den Zeitungen über sich selbst zu reden. Schließlich riss er sich etwas zusammen, wusch sein Gesicht und wusch seine Augen und ging dann zurück in seinen Käfig, wo die Menge sicher ungeduldig darauf wartete, ihn zu sehen, nachdem sie so lange warten musste .

Wieder einmal konnte man sehen, dass sich dieser Mr. Cromartie „nicht um die Menschheit und das, was sie sagten, kümmerte". Für den Moment, als er vor den Augen der Öffentlichkeit seinen Käfig betrat, wurde er von einem erbärmlichen Geschöpf mit komisch verzerrtem Gesicht, um seine Tränen zurückzuhalten, auf einmal ganz ruhig und selbstbeherrscht und zeigte keine Spur von Gefühlen . Doch zeigte diese vermeintliche Ruhe, dass ihm die Menschheit egal war? Weil er sich nicht um die Menschheit kümmerte, unternahm er diese Anstrengungen, schluckte den Kloß hinunter, der ihm im Hals aufgestiegen war, hielt die Träne zurück, die ihm in die Augen gelaufen wäre, schlenderte mit einem heiteren Lächeln herein und runzelte dann die Brauen eine Affektiertheit des Denkens; Und geschah das alles, weil ihm die Menschheit egal war?

Das Seltsame war, dass Mr. Cromartie drei Wochen brauchte, um zu glauben, dass Josephine ihm bestimmt einen Besuch abstatten würde. Drei Wochen lang hatte er in jedem Moment des Tages an dieses Mädchen Josephine gedacht und tatsächlich fast jede Nacht von ihr geträumt, aber es war ihm nie in den Sinn gekommen, dass er sie jemals wiedersehen würde. Er hatte sich tausendmal gesagt: „Wir sind für immer getrennt " und hatte sich nie gefragt: „Warum sage ich das?" Eines Abends hatte er sogar ihre Schritte zurückverfolgt, als sie an dem Tag, an dem sie ihren letzten Bruch erlitten hatten, von einem Käfig zum anderen gewandert waren. Aber jetzt waren all diese sentimentalen Ideen tausend Meilen von ihm entfernt, und obwohl er sich zurücklehnte, gähnte und nachlässig die Seiten eines Buches von Mudie ausschnitt , fürchtete er sich dennoch vor der Frage, die er sich immer wieder stellte:

„Wann kommt sie? Wird sie jetzt, heute oder vielleicht morgen kommen? Wird sie erst nächste Woche kommen oder erst in einem Monat?"

Und sein Herz schrumpfte in ihm, als ihm klar wurde, dass er nie erfahren würde, wann sie kommen würde, und dass er nie auf sie vorbereitet sein würde.

Aber trotz all dieser Aufregung kam sich Mr. Cromartie wie ein Landsmann vor, der einen Tag zu spät zum Jahrmarkt in die Stadt kommt, denn Josephine hatte ihm an diesem Tag bereits zwei Stunden zuvor einen

Besuch abgestattet, bevor er jemals daran gedacht hatte, dass sie es tun würde.

Als sie angekommen war, wusste Josephine überhaupt nicht genau, warum sie sich dort befand. Jeden Tag, seit sie von dem „Abscheulichen" gehört hatte, das John getan hatte, hatte sie sich geschworen, ihn nie wieder zu sehen und nie wieder an ihn zu denken. Jeden Tag verbrachte sie damit, an ihn zu denken, und jeden Tag trieb sie ihre Wut dazu, in Richtung Regent's Park zu gehen, und ihre ganze Zeit war damit beschäftigt, darüber nachzudenken, wie sie ihn am besten für das, was er getan hatte, bestrafen könnte.

Anfangs war es für sie unerträglich gewesen. Sie hatte die Nachricht von ihrem Vater beim Frühstück gehört, während er *die Times* las , und hatte sie bruchstückhaft erfahren, als er sie ihr zufällig vorlas, während sie schweigend mit der Kaffeemaschine und der Eiermaschine vor sich saß Ihr Vater bestand darauf, dass seine Eier sehr genau gekocht wurden. Als das Frühstück vorbei war, fand sie *die Times* und las den Bericht über die „verblüffende Übernahme durch die Zoo-Behörden". Sie sagte sich damals, dass sie die Beleidigung, der sie ausgesetzt war, niemals verzeihen oder vergessen könne und dass sie, während sie beim Frühstück saß , zu einer alten Frau herangewachsen sei.

Mit der Zeit ließ Josephines Zorn nicht nach; nein, es wurde größer; und es durchlief jeden Tag ein Dutzend oder mehr Phasen. So lachte sie in einem Moment vor Mitleid für einen so armen Narren wie John, im nächsten wunderte sie sich, dass ein solches Geschöpf den Verstand haben sollte, zu wissen, wo es hingehörte, und dann richtete sie ihre ganze Wut auf die Zoologische Gesellschaft, die eine solche Empörung verursacht hatte Anstand sollte auf ihrem Gelände auftreten und bitter über die Torheit der Menschheit nachdenken, die bereit war, sich bei einem so traurigen Schauspiel wie dem erniedrigten John zu zerstreuen und sich tatsächlich auf sein Niveau herabzusetzen. Wieder rief sie über die Eitelkeit aus, die ihn zu einem solchen Kurs verleitete; Alles würde genügen, solange über ihn gesprochen wird. Zweifellos würde er sehen, dass auch über sie, Josephine, gesprochen wurde. Tatsächlich habe John dies nur getan, um sie zu beleidigen, erklärte sie. Aber er hatte den falschen Weg eingeschlagen, wenn er geglaubt hatte, er würde sie beeindrucken. Sie würde ihn tatsächlich besuchen und ihm zeigen, wie wenig er ihr am Herzen lag; Nein, was besser war, sie würde den anderen Affen neben ihm besuchen. Auf diese Weise konnte sie ihm am besten ihre Gleichgültigkeit ihm gegenüber und ihre Überlegenheit gegenüber der vulgären Menge der Touristen zeigen. Nichts würde sie dazu bewegen, ein so niederträchtiges Wesen wie John anzusehen. Sie konnte seinem Handeln nicht gleichgültig gegenüberstehen. Es war eine kalkulierte Beleidigung, aber zum Glück musste nur er darunter leiden, denn sie selbst hatte sich nie im Geringsten um ihn gekümmert, und ihre völlige Gleichgültigkeit würde durch seine jüngste Eskapade wahrscheinlich nicht gestört werden. Tatsächlich bedeutete es ihr nicht mehr als jedes andere ausgestellte Lebewesen.

So fuhr Miss Lackett immer wieder im Kreis herum, schwor einmal Rache und im nächsten Moment schwor sie, dass es ihr egal war, was er tat, sie hatte sich nie um ihn gekümmert und würde es auch nie tun. Aber tat, was sie konnte, ihr fiel nichts anderes ein. Nachts lag sie wach und sagte sich erst das eine und dann das andere, und jedes Mal, wenn sie den Kopf auf dem Kissen drehte, änderte sie ihre Meinung zehnmal, und so verbrachte sie die ersten drei oder vier Tage und Nächte im Elend.

Doch in all dem gab es etwas, das Miss Lackett noch mehr verletzte als die Tatsache selbst, und das war das Bewusstsein ihrer eigenen Wertlosigkeit und Vulgarität. Alles, was sie fühlte, alles, was sie sagte, war vulgär. Ihre Beschäftigung mit Mr. Cromartie war vulgär, und jedes Gefühl, das mit ihm in Zusammenhang stand und das sie jetzt empfand, war erniedrigend. Tatsächlich lastete dies nach den ersten Tagen so schwer auf ihr, dass sie fast bereit war, ihm zu vergeben, aber sie konnte sich selbst nie vergeben. Ihre ganze Selbstachtung war für immer verloren , sagte sie sich; Von nun an wusste sie, dass sie nie desinteressiert war. Sie hatte sich selbst mehr beleidigt, als es irgendein anderer Cromarties jemals tun würde. Sie sei, sagte sie, zutiefst enttäuscht von sich selbst und frage sich, wie es dazu gekommen sei, dass sie diese Seite ihres Wesens so lange nicht vermutet habe.

Es war dieses Abschalten ihrer Wut und Empörung gegen sich selbst, das es ihr schließlich ermöglichte, ihn zu sehen, oder besser gesagt, dass sie den Schimpansen neben sich sehen konnte, denn sie wiederholte sich, dass sie ihn nicht ansehen würde, dass sie es könnte Sie ertrug es nicht, ihn zu sehen, und so weiter, obwohl diese Entscheidung zuweilen durch den Gedanken modifiziert wurde, dass sie nur hoffte, dass er sich richtig bestraft fühlen würde, wenn er sah, wie sie ihm einen kühlen, verächtlichen Blick zuwarf.

Miss Lackett empfand die Veranstaltung als anders als erwartet. Vor dem Affenhaus versammelte sich eine Menschenmenge, und als sie sich ihr angeschlossen hatte, befand sie sich in einer Schlange von Menschen, die darauf warteten, „Der Mann" zu sehen. Von allen Seiten hörte sie Witze über ihn, und die der Frauen (die in der Mehrheit waren) kamen ihr kaum anständig vor. Der Fortschritt war extrem langsam und sehr anstrengend.

Als sie sich schließlich im Gebäude selbst befand, war es ihr unmöglich, ihre Absicht, nur die Affen anzusehen, in die Tat umzusetzen, denn der

Gedanke, sie zu sehen, überwältigte sie plötzlich und schloss die Augen, aus Angst, sie könnte einen Affen sehen und von Übelkeit überwältigt werden. Nach ein paar Minuten befand sie sich vor Cromarties Käfig und blickte ihn hilflos an. In diesem Moment war er damit beschäftigt, auf und ab zu gehen (eine Beschäftigung, die übrigens viel mehr Zeit in Anspruch nahm, als er jemals vermutet hätte). Aber sie konnte nicht mit ihm sprechen, ja, sie fürchtete sich davor, dass er sie sehen würde.

Mit auf dem Rücken verschränkten Händen und leicht gebeugtem Kopf ging er an der Drahtabteilung hin und her, bis er die Ecke erreichte, wo sein Kopf nach oben ging und er sich auf dem Absatz drehte. Sein Gesicht war ausdruckslos.

Bevor sie herauskam, sollte Miss Lackett einen weiteren Schock erleben, denn als sie Mr. Cromarties Käfig verließ, ließ sie ihren Blick schweifen und blickte plötzlich direkt in den Becher des Orang. Diese Kreatur saß trostlos auf dem Boden, ihr langes rotes Haar war verfilzt und mit Strohhalmen verwickelt. Ihre eng beieinander liegenden braunen Augen starrten vor sich hin und nichts an ihr bewegte sich außer ihren schwarzen Nasenlöchern, die die Form eines umgekehrten Herzens hatten und in einer Maske aus schwarzem und staubigem Gummi steckten. Dies war also das Geschöpf, dem ihr Geliebter ähnelte! Mit diesem melancholischen Caliban verglichen ihn alle! Ein so abscheuliches Monster wie dieser Affe galt als passender Begleiter für den Mann, in den sie sich verliebt eingebildet hatte! Für den Mann, den sie heiraten wollte!

Miss Lackett schlüpfte lautlos aus dem Haus, krank vor Ekel und bedrückt vor Scham. Sie schämte sich für alles, für ihre eigenen Gefühle, für ihre Schwäche, sich um das zu kümmern, was mit John geschah. Sie schämte sich für die Zuschauer, für sich selbst und für die schmutzige Welt, in der solche Männer und solche Tiere existierten. Zu ihrer Scham mischte sich auch Angst, die mit jedem Schritt, den sie tat, größer wurde. Sie war beunruhigt, weil sie befürchtete, dass sie erkannt würde , und blickte jeden, an dem sie vorbeikam, mit nervöser Besorgnis an; Selbst nachdem sie aus den Gärten herausgekommen war , fühlte sie sich nicht sicher, so dass sie sich ein Taxi nahm, fast atemlos einstieg und selbst dann durch die Glasscheibe hinten nach hinten schaute. Nichts folgte ihr.

„Gott sei Dank, es ist alles in Ordnung. Es besteht keine Gefahr", sagte sie sich, obwohl sie nicht hätte sagen können, von welcher Gefahr sie sprach. Vielleicht hatte sie Angst, dass sie selbst in einen Käfig gesperrt werden könnte.

Am nächsten Tag hatte Miss Lackett die schmerzlichen Eindrücke, die ihr Besuch verursacht hatte, einigermaßen abgeschüttelt, und ihr größtes

Gefühl war die spürbare Erleichterung, dass es nicht schlimmer ausgegangen war.

„Nie wieder", sagte sie sich, „soll ich mich einer solchen Torheit schuldig machen. „Nie wieder", wiederholte sie, „muss ich ein so schreckliches Risiko eingehen." Nie wieder werde ich an diesen armen Kerl denken, denn das werde ich auch nie nötig haben. Aus Gerechtigkeit ihm gegenüber musste ich ihn sehen, wenn auch aus einiger Entfernung und ohne dass er mich sah. Es wäre feige gewesen, nicht gegangen zu sein, es hätte nicht meinem Charakter entsprochen. Aber es wäre Feigheit von mir, noch einmal hinzugehen. Es wäre schwach. Schließlich musste ich meiner Neugier freien Lauf lassen, es wäre fatal gewesen, sie zu unterdrücken. Jetzt weiß ich das Schlimmste und die Affäre ist für immer abgeschlossen. Wenn ich noch einmal gehen würde, wäre es schmerzhaft für mich und ungerecht für ihn, denn ich würde vielleicht erkannt werden ; Wenn er hörte, dass ich zweimal dort gewesen war, würde es ihn mit falschen Hoffnungen erfüllen. Er könnte zu dem Schluss kommen, dass ich mit ihm sprechen wollte. Nichts, nichts könnte weiter von der Wahrheit entfernt sein. Ich glaube, er ist verrückt. Ich bin mir sicher, dass er verrückt ist. Mit ihm zu sprechen wäre wie die Interviews, die Menschen einmal im Jahr mit ihren verrückten Verwandten führen müssen. Aber zum Glück für mich deckt sich meine Pflicht mit meinen Neigungen – ich sollte ihn nicht sehen, und ich verabscheue den Gedanken daran. Mehr gibt es dazu nicht zu sagen."

Es kam nicht oft vor, dass Miss Lackett in ihren Gedanken so konsequent war, und wir dürfen hinzufügen, dass sie auch oft nicht so primitiv war. Es gelang ihr, solche Sätze die ganze Woche über immer wieder zu wiederholen, aber irgendwie gelang es ihr nicht, Mr. Cromartie ganz zu vergessen oder ihn auch nur für mehr als ein oder zwei Stunden aus ihren Gedanken zu verbannen.

Am vierten Tag nach ihrem Besuch veranstaltete General Lackett eine Dinnerparty, bei der seine Tochter als Gastgeberin fungierte. Einige der Gäste waren jung und ein oder zwei von ihnen waren nicht sehr wohlhabend. Unter diesen Umständen, da der General seinen Chauffeur ziemlich gedankenlos für den Abend entlassen hatte, war es nur natürlich, dass seine Tochter anbot, einige ihrer jungen Freunde nach Hause zu fahren. Einer von ihnen lebte in Frognal , zwei weitere in der Circus Road, St. John's Wood. Auf der Hinreise nahm Miss Lackett die normale Route vom Eaton Square, das heißt über Park Lane, Baker Street, Lord's und die Finchley Road bis nach Frognal , und brachte anschließend ihre anderen Begleiter zurück zur Circus Road.

Dann, nachdem sie sich verabschiedet hatte und sich beim Wegfahren noch einmal verabschiedet hatte, überkam sie ein Gefühl der Unruhe. Sie fuhr langsam zum Bahnhof Baker Street, dachte aber inzwischen an Mr. Cromartie. Dies veranlasste sie, ihr Auto fast mechanisch nach links zu wenden und kurz darauf den äußeren Kreis zu nehmen. Während sie fuhr, war ihr Kopf fast leer; Sie fuhr nur in diese Richtung, um ihre Stimmung zu zerstreuen. Sie war sich nur bewusst, dass Cromartie dort war – im Zoo. Sie war müde und wurde vom Autofahren abgelenkt. Wenige Augenblicke später passierte sie die Gärten. Sie hielt knapp über dem Tunnel an, bevor sie den Haupteingang erreichte. Zu diesem Zeitpunkt war sie so nah wie möglich am neuen Affenhaus, das, wie sie wusste, im Schatten der Mappin-Terrassen lag. Sie stieg aus dem Auto und ging zu den Palisaden. Sie waren zu hoch, als dass sie darüber hätte blicken können, und als sie sich an den Händen hochzog, war nichts zu sehen außer den schwarzen Schatten immergrüner Pflanzen und durch eine Lücke in ihnen eine Ecke der Mappin-Terrassen – eine schwarze Silhouette gegen das Mondlicht. Als sie hinsah, kam ihr in den Sinn, dass es ihr wie etwas vertrautes vorkam. Ihre Handgelenke schmerzten und sie sprang hinunter.

„John, John, warum bist du da drin?" sagte sie laut. Nach wenigen Augenblicken sah sie einen Polizisten auf sich zukommen, also stieg sie wieder in ihr Auto und fuhr langsam weiter.

Als sie am Haupteingang vorbeikam, drehte sie sich noch einmal um und sah wieder die Mappin-Terrassen.

„Der Turmbau zu Babel natürlich", sagte sie laut, „in Chambers' Enzyklopädie. Es ist auch wie die Arche Noah, nehme ich an, denn es ist eine Menagerie, und – Oh, verdammt! Verdammt!" Sie hatte Tränen in den Augen und die Straßenlaternen waren zu kleinen kreisförmigen Regenbögen geworden. Aber sie sagte sich, dass das Fahren unangenehm sei.

In dieser Nacht konnte sie nicht schlafen und fand keine der üblichen Abwehrmechanismen gegen Unglück. Das heißt, sie war nicht in der Lage, irgendeine Überlegenheit gegenüber ihren Problemen zu zeigen, außerdem sah sie sie genau so, wie sie waren, in ihrem nackten Schrecken, und war nicht in der Lage, sie in konventionelle Kategorien einzuordnen. Denn hätte sich Miss Lackett sagen können: „Ich war in John verliebt, jetzt stelle ich fest, dass er verrückt ist." Das ist eine schreckliche Tragödie, es ist sehr schmerzhaft, daran zu denken, dass Menschen verrückt sind, für mich ist es eine Enttäuschung in der Liebe. „Solche Enttäuschungen sind das Schmerzlichste, dem ein Mädchen in meiner Lage ausgesetzt sein kann" und so weiter – wenn sie das hätte tun können, hätte Miss Lackett einen sicheren Weg gefunden, ihr Leiden auf ein Minimum zu reduzieren . Denn wenn sie so allgemeine Vorstellungen wie Wahnsinn und Enttäuschung in der Liebe vorbrachte, hätte sie sehr bald nur noch das allgemeine Gefühl empfinden können, das zu diesen Vorstellungen passte. Aber so wie die Lage war , konnte sie nur an John Cromartie denken, an sein Gesicht, seine Stimme, seine Manieren und seine Art, sich zu bewegen; an den besonderen Käfig, in dem sie ihn zuletzt gesehen hatte, an den Geruch von Affen, an die Menschenmenge, die ihn anstarrte und lachte, und an ihre eigene Einsamkeit und ihr eigenes Elend, das John absichtlich verursacht hatte. Das heißt, sie dachte nur an ihren Schmerz und dachte nicht daran, ihm einen Namen zu geben. Und einem Kummer einen Namen zu geben, ist ein erster Schritt, um ihn zu vergessen. Ungefähr um drei Uhr morgens stand sie auf und ging ins Esszimmer, wo sie eine Karaffe Portwein, eine weitere Whiskykaraffe und einige Bath Olivers fand . Sie schenkte sich ein Glas Portwein ein und probierte es, aber die Süße ekelte sie an, also stellte sie es ab und nahm sich den Whiskey. Nachdem sie ein halbes Glas Schnaps getrunken hatte und es pur, so wie es aus der Flasche kam, getrunken hatte, fühlte sie sich viel ruhiger. Sie trank noch ein Glas davon, ging dann in ihr Zimmer, warf sich auf ihr Bett und fiel sofort in einen schweren, betrunkenen Schlaf.

In diesen Tagen hatte Mr. Cromartie seine Befürchtungen, Josephine zu sehen, keineswegs losgeworden. Der Gedanke, der ihn am meisten quälte, war, dass er ihr ausgeliefert war, das heißt, dass es ihr freistand, ihn zu besuchen, wann immer sie wollte, und so lange wegzubleiben, wie sie wollte. Die materiellen Bedingungen seines Lebens änderten sich in keiner Weise, obwohl es nicht mehr ständig eine große Menschenmenge gab, die darauf bedacht war, ihn zu sehen; und von vier Polizisten glaubte man bald, dass zwei ausreichten, um seine Besucher zu regulieren. Nach einer weiteren Woche wurden die beiden auf einen reduziert, aber obwohl die Menge von Tag zu Tag geringer wurde, wurde dieser Polizist dauerhaft zurückgelassen, mehr zum Schutz von Mr. Cromartie als zu irgendetwas anderem, denn bestimmte Personen hatten sich ihm gegenüber als sehr unhöflich erwiesen. Tatsächlich musste sich Herr Cromartie zweimal beschweren, und das nicht nur wegen beleidigender Sprache. Doch in seiner materiellen Umgebung hatte sich in dieser Zeit kaum etwas verändert; Das heißt nicht, dass sich Mr. Cromarties Geisteszustand nicht verändert hätte. In dieser Hinsicht waren zwei Kräfte am Werk. Einer davon war, dass er jetzt ununterbrochen an Josephine dachte und einen Besuch von ihr erwartete, und dass er, je kleiner sein Gedankenkreis in der Einsamkeit wurde, immer mehr damit beschäftigt war, sich vorzustellen, wie sie kommen würde, was sie sagen würde und so weiter. So probte er ständig Szenen mit Josephine, und diese Angewohnheit beeinträchtigte seine tägliche Lektüre und beunruhigte ihn manchmal sogar über seinen Verstand. Zweitens wurde er schüchtern, ärgerte sich über die Zuschauer und verspürte so etwas wie Abscheu vor den Tieren in der

Menagerie, vielleicht weil ihn der Gedanke an Josephine dazu veranlasste, sich in sich selbst zurückzuziehen.

Dieses Gefühl verstärkte sich natürlich gegenüber seinen unmittelbaren Nachbarn , dem Orang-Weibchen und dem Schimpansen. In ihrem Fall erwies er sich in der Tat nur geringfügig für die Abneigung, die sie ihm entgegenbrachten, und die mit jedem Tag größer zu werden schien. Mr. Cromartie war in Wirklichkeit für die Verschärfung ihrer natürlichen und, man könnte sagen, berechtigten Abneigung gegen ihn verantwortlich. Denn er zog nicht nur eine größere Menschenmenge an, als ihnen zur Verfügung stand, sondern er ignorierte sie beharrlich und vernachlässigte die gewöhnlichen Höflichkeiten so sehr, dass er sich außerordentlich unbeliebt gemacht hätte, wenn seine Nachbarn Menschen wie er gewesen wären . Dies war eher auf einen einzigartigen Mangel an Vorstellungskraft als auf einen natürlichen Mangel an Manieren zurückzuführen, denn im gewöhnlichen Leben zeigte er sich immer als vollkommen wohlerzogen. Wenn eine Entschuldigung für sein Verhalten gefunden werden kann, dann die, dass er glaubte, das Richtige für ihn sei es, die bloße Existenz seiner Nachbarn zu ignorieren , und auch, dass Collins, sein Hüter, ihn in diesem Punkt nie richtig gestellt hat. Tatsache ist, dass Collins es nie ganz leicht mit Mr. Cromartie hatte und dass er selbst der Typ Mann war, der Anstoß nahm. Tatsächlich war er eifersüchtiger auf die Gefühle seiner alten Lieblinge , der beiden Affen, als ihm bewusst war. Außerdem hatte er den Gibbon verloren, der einem anderen Halter übergeben worden war, als Mr. Cromartie gekommen war, und es lässt sich nicht leugnen, dass Collins den Gibbon gerne wieder an Mr. Cromarties Stelle gehabt hätte. Zum einen hatte ihm der Affe weniger Arbeit gegeben, zum anderen war er zu keinem Zeitpunkt in seinem Leben sein sozialer Vorgesetzter gewesen. Darüber hinaus hegte Collins, denn wir sollten ihm gerecht werden, eine sehr positive Zuneigung zu dem Tier. Eines Abends, nachdem ein Tag äußerst schleppend vergangen war, saß Mr. Cromartie in seinem Käfig und saugte an seiner Pfeife, als er plötzlich Miss Lackett in das leere Haus kommen sah.

Dies war der Abend des Tages nach ihrer unruhigen Nacht. Am Morgen hatte sie beschlossen, die Frage zu klären, ob Cromartie verrückt war oder nicht, um ein unparteiisches und endgültiges Urteil über die Angelegenheit zu fällen, denn sie war überzeugt, dass sie die Frage nach seiner geistigen Gesundheit auf die eine oder andere Weise klären könnte Ansonsten würde es keinen Zweifel daran geben, dass sie ihre verlieren würde.

Aber als sie in den Gärten angekommen war , war es ihr unmöglich, Mr. Cromartie allein zu sehen. Den ganzen Vormittag über versammelte sich immer noch eine Menschenmenge um das Affenhaus, wenn auch nicht mehr so groß wie früher. Zwischen eins und zwei standen immer einige Personen vor seinem Käfig, deren Anwesenheit es ihr unmöglich machte, mit ihm zu sprechen. Da sah sie, dass das Einzige, was ihr blieb, darin bestand, bis spät in die Nacht zu warten und sich pünktlich zum Ladenschluss zu beeilen. All diese Verzögerungen brachten ihre Tagesordnung durcheinander. Das Wissen, dass sie versprochen hatte, ihre alte Schulkameradin, Lady Rebecca Joel, vorbeizurufen und anschließend bei Admiral Habicht Tee zu trinken und anschließend mit ihnen auszugehen, beunruhigte sie übermäßig. In letzter Minute schickte sie Nachrichten mit der Bitte um Kopfschmerzen und Unwohlsein und fand dann bis zur Schließung des Zoos nichts zu tun. So lange in den Gärten zu bleiben war unerträglich. Zu ihrem Unbehagen kam noch, dass sich der Himmel bewölkte und ein heftiger Sturm aufzog, der die Luft bald mit Schneeregen, Schneeflocken und Hagelkörnern füllte. Sie rannte aus den Gärten und wurde dabei nass, und es dauerte einige Augenblicke, bis sie ein Taxi finden konnte. Sobald sie drinnen war, bestand die absolute Notwendigkeit, dem Mann zu sagen, wohin er sie bringen sollte.

„Baker Street", sagte sie. Denn die Baker Street ist ein zentraler Punkt, von dem aus sie leicht hingehen konnte, wohin sie wollte. Man wird sich erinnern, dass dies der Grund war, der den großen Detektiv Holmes dazu bewog, seine Räume in der Baker Street zu errichten, und auch heute liegt sie noch zentraler. Das ganze Metro-Land liegt einem zu Füßen.

Aber die Zeit zwischen dem Zoo und der U-Bahn-Station Baker Street ist kurz, und Miss Lackett hatte bei ihrer Ankunft keine klarere Vorstellung davon, wohin sie gehen oder was sie tun sollte, als damals, als sie zum ersten Mal aus den Gärten rannte. Allerdings hatte der Regen vorerst aufgehört, und sie ging zügig die Marylebone Road entlang. Denn sie gehörte zu der Gesellschaftsordnung, die nicht auf der Straße herumlungern darf. Sie marschierte ziellos davon und fragte sich, was sie mit sich anfangen sollte, als der Sturm erneut mit einem plötzlichen Regenschauer aufkam. Josephine blickte sich um und fand Zuflucht in den Toren eines großen roten Backsteingebäudes, das sie betrat. Es war Madame Tussauds.

Als Kind hatte sie die berühmte Sammlung von Wachsfiguren noch nie besucht und interessierte sich sofort für das, was sie dort sah. Eine innere Stimme forderte sie auf, diese zufällige Gelegenheit zu nutzen, ihr vorübergehendes Unglück hinter sich zu lassen und sich zu amüsieren.

Sie verfiel in einen friedvollen Gemütszustand und gab sich mehrere Stunden hintereinander dem Vergnügen hin, die formalen Gestalten der berühmtesten Persönlichkeiten dieses und früherer Zeitalter zu betrachten. Die meisten davon waren die großen Viktorianer und stammten aus dem letzten Jahrhundert. Es gab nur wenige andere Besucher, aber die großen

Saloons sind immer überfüllt, und wohin sie auch blickte, fand sie bekannte Gesichter.

Josephine war bei Hofe vorgestellt worden, war von der Erfahrung jedoch nicht beeindruckt. Madame Tussauds erschien ihr wie eine erhabenere Präsentation bei einem Eternal Levee.

An einem Ende des Raumes befanden sich tatsächlich die königlichen Familien Europas in ihren Krönungsgewändern. In allen Anwesenden herrschte eine Atmosphäre von Förmlichkeit, Steifheit und Zwang, die ihr ganz natürlich vorkam, wenn Gäste auf den Eintritt ihres Gastgebers warteten. Und vielleicht würde in einem anderen Moment ein Vorhang beiseite geschoben werden und die Schar der Heerscharen erscheinen .

Josephine wartete nicht länger, sondern rannte nach unten in die Gruselkammer.

Bevor es möglich schien, war es Zeit, in die Gärten zurückzukehren, wenn sie Cromartie vor Ladenschluss sehen würde. Sie ging schnell ins Haus und fand Cromartie vorne in seinem Käfig sitzen, als würde er erwarten, sie zu sehen. Als sie an den Käfig herankam, stellte er die Pfeife, die er in seinem Mund gehalten hatte, ab und stand auf, wobei es schien, als ob er sie überschattete, da der Boden seines Käfigs höher war als der Korridor, in dem sie stand.

„Bitte setzen Sie sich", sagte sie und schwieg dann, da ihr nichts von dem, was sie ihm erzählen wollte, auf der Zunge lag.

Er gehorchte ihr.

Dann sahen sie einander eine Weile schweigend an. Endlich nahm Josephine ihren Entschluss zusammen und sagte mit leiser Stimme zu ihm:

„Ich denke, dass du verrückt bist."

Cromartie nickte; er hatte sich in seinem Stuhl zusammengekauert und war offenbar nicht in der Lage zu sprechen.

Josephine wartete und sagte: „Ich habe mir große Sorgen um dich gemacht, weil ich zuerst dachte, dass etwas, was ich zu dir gesagt habe, dich zu diesem idiotischen Verhalten veranlassen könnte, aber jetzt ist mir ganz klar, dass selbst wenn das, was ich gesagt habe, das täte Ich habe keinen Einfluss, du bist ziemlich verrückt und ich brauche nicht mehr an dich zu denken .

Cromartie nickte erneut. Mit einiger Überraschung bemerkte sie, dass er weinte und dass sein Gesicht nass von Tränen war, die auf den Boden seines Käfigs fielen . Der Anblick seiner Tränen und sein entschlossenes Schweigen ließen ihr Herz verhärten. Sie war plötzlich wütend.

Die Glocke begann zum Feierabend zu läuten, und sie hörte, wie jemand, wahrscheinlich der Polizist, mit der Hand an der Tür draußen mit einem anderen Mann sprach. Josephine wandte sich ab, kam aber einen Moment später zum Käfig zurück. Cromartie ging von ihr weg und putzte sich die Nase.

„Du musst verrückt sein", rief sie ihm nach; Dann öffnete sich die Tür und der Polizist kam herein.

„Beeilen Sie sich, Miss, sonst müssen Sie die ganze Nacht hier bleiben, und Sie wissen, dass das niemals gehen würde", hörte sie ihn sagen, als sie davoneilte.

Obwohl Josephines Besuch schmerzhaft gewesen war, gelang es ihm nicht, Cromartie lange zu beunruhigen. Tatsächlich erholte er sich nach kurzer Zeit vollständig, und als er über das, was sie gesagt hatte, und über die Gründe für ihr Kommen überhaupt nachdachte, fand er vieles, womit er sich trösten konnte. Erstens waren nun alle geheimen Zweifel, die er in der letzten Woche an seinem eigenen Verstand gehabt hatte, zerstreut. Er würde nicht glauben, dass er verrückt war, sagte er sich, nur weil Josephine Lackett es ihm gesagt hatte. Außerdem war er sich sicher, dass sie nur behauptete, er sei verrückt, weil es zu ihr passte, es zu glauben. Wenn er tatsächlich verrückt wäre, würde es sie von der Notwendigkeit befreien, an ihn zu denken, und die Tatsache, dass sie das Gefühl hatte, dass eine solche Notwendigkeit existierte, war an sich schon äußerst erfreulich. Darüber hinaus war er sich sicher, dass Josephine, wenn sie wirklich von seinem Wahnsinn überzeugt gewesen wäre , ihm nicht einen Besuch abgestattet hätte, um ihm davon zu erzählen. Selbst Josephine würde in solch nutzloser Unmenschlichkeit keine Genugtuung finden. Wenn sie sich verpflichtet gefühlt hätte, in dieser Angelegenheit irgendwelche Schritte zu unternehmen, wäre sie zu den Beamten der Gesellschaft gegangen und hätte darauf bestanden, dass er von einem Psychologen untersucht und gegebenenfalls als Wahnsinniger bescheinigt werden sollte. Und mit diesen sehr zufriedenstellenden Gründen versicherte sich Mr. Cromartie, dass er nicht wirklich verrückt war oder überhaupt in Gefahr war, verrückt zu werden, obwohl er nicht daran zweifelte, dass Josephine sich leicht vom Gegenteil überzeugen würde.

Glück und Elend sind rein relativ, und Mr. Cromartie wurde nun durch Überlegungen, die normalerweise nicht zu einem solchen Ergebnis führen würden, in einen Zustand höchster Stimmung versetzt. Aber nach dem Zustand völliger Verzweiflung, in dem er mehrere Wochen lang gestürzt war, konnte er sich kaum ein größeres Glück vorstellen, als zu wissen, dass

Josephine sich selbst einreden musste, dass er verrückt war, um ihn aus ihren Gedanken verbannen zu können.

Daraus darf jedoch nicht der Schluss gezogen werden, dass Herr Cromartie irgendeiner Hoffnung nachging. Er dachte nicht einmal an die Möglichkeit, aus dem Zoo zu fliehen oder Josephines Liebe zu gewinnen, weil er nie die Absicht gehabt hatte, dies zu tun. Solche Gedanken wären ihm nicht nur lächerlich, sondern auch unehrenhaft vorgekommen . Er hatte seinen Kurs mit offenen Augen eingeschlagen, und die Frage, ob er sich daran halten sollte oder nicht, stand nicht einmal zur Diskussion. In dieser Hinsicht hatte die Zoologische Gesellschaft tatsächlich Glück bei der Auswahl eines Mannes. Denn obwohl es wenig Zweifel daran gibt, dass Mr. Cromartie seine Freiheit erhalten hätte, wann immer er darum gebeten hätte, ohne dass er zu extremen Maßnahmen wie der Verweigerung von Essen oder der Bitte um Hilfe von Besuchern zu seiner Rettung gegriffen hätte, wäre es doch so gewesen, ihn gehen zu lassen ein Grund zum Ärger für die Gesellschaft. Es ist nicht anzunehmen, dass es Schwierigkeiten gegeben hätte, ihn durch ein anderes Exemplar seiner Art zu ersetzen. Nein, der Grund, warum sie seinen Verlust als einen so schweren Schlag empfunden hätten, liegt darin, dass sich die Öffentlichkeit bereitwillig an die einzelnen Tiere im Zoo bindet und sich nicht trösten lässt, wenn ein solcher Liebling stirbt oder verschwindet, selbst wenn dies sofort der Fall ist durch ein noch schöneres Exemplar derselben Art ersetzt. Viele Menschen besuchen die Gärten gewöhnlich, um ihre besonderen Freunde Sam, Sadie und Rollo zu besuchen, und nicht nur, um einen Eisbären, Orangs oder Königspinguin anzusehen. Und das gilt für die Mitglieder der Gesellschaft ebenso eindringlich wie für die äußere Öffentlichkeit. Daher war es nur natürlich, dass sie die Hoffnung hegten, dass die neue Errungenschaft in den Gärten für den Rest seines natürlichen Lebens dort bleiben würde, und obwohl er nicht mit den anderen Geschöpfen in der allgemeinen Beliebtheit mithalten konnte, wenn einst die vulgäre Neugier um ihn herum herrschte hatte nachgelassen, aber es war zu hoffen, dass er mit der Zeit so viel Persönlichkeit entwickeln würde, als wäre er ein Bär oder ein Affe.

Während Sir James Agate-Agar vom Kurator durch das Haus geführt wurde, bezeichnete er Cromartie als „Ihren örtlichen Diogenes". Der Name war sofort in aller Munde aller, die sich in zoologischen Kreisen bewegten. Hier bot sich für Mr. Cromartie eine Gelegenheit, wenn er bereit gewesen wäre, sie zu ergreifen. Nachdem die vulgäre Publizität, die seine Amtseinführung begleitet hatte, vorbei war, gab es viele Personen in den oberen Rängen der Londoner Gesellschaft, die begierig darauf waren, Mr. Cromartie kennenzulernen und ob er genug wusste, um dort die für ihn vorgesehene Rolle zu übernehmen Es besteht kein Zweifel daran, dass er so viel Gesellschaft hätte haben können, wie er wollte, und zwar von Personen aus der vordersten Reihe, die alle von aufrichtigem Interesse an ihm und Freundlichkeit ihm gegenüber beseelt waren, wenn auch natürlich nicht ohne Erwartung dass sie im Gegenzug durch seine Bemerkungen unterhalten würden, denn solch ein Mann wie der Diogenes vom Zoo muss sicherlich eine große Kuriosität sein.

Aber obwohl Mr. Cromartie die feste Absicht hatte, für den Rest seines Lebens in dem für ihn bereitgestellten Käfig zu bleiben, hatte er keine Ahnung von den gesellschaftlichen Möglichkeiten, die ihm dies bieten würde, und er schätzte sie so wenig, dass er alle konsequent abwies Annäherungsversuche dieser Art und verrieten eine offensichtliche Abneigung, mit irgendjemandem ins Gespräch zu kommen, sogar mit dem Kurator selbst. Damals wurde dies jedoch auf ein nicht unnatürliches Selbstbewusstsein in der neuen Situation zurückgeführt, in der er sich befand, und auch auf die beunruhigende Wirkung, täglich einer großen Menschenmenge ausgestellt zu werden, unter der sich auch Personen befanden, deren beleidigendes Verhalten erregte die größte Empörung.

Lackett wiedersehen sollte . Während dieser Zeit hatte er viel zu bedenken, aber seine Stimmung blieb hoch; Zum ersten Mal seit zehn Tagen machte er aus Vergnügen einen Spaziergang durch die Gärten und nicht aus dem Gefühl heraus, dass er etwas frische Luft brauchte, um gesund zu bleiben. An mehreren Abenden saß er eine halbe Stunde oder länger regungslos in der Nähe der Biber- und Otterbecken und wurde häufig mit einem flüchtigen Blick auf Ersteres belohnt, wenn auch nur einmal mit Letzterem. Welche Kreaturen in den Gärten auch immer ihre ursprüngliche Wildheit bewahrt hatten, sie würden ihn mit Sicherheit anziehen. In seinem ziemlich verzerrten Geisteszustand schien es ihm, als hätten sie sich ihre Selbstachtung bewahrt. Dies in seinem eigenen Fall zu erreichen, war sein Hauptanliegen, obwohl er sich natürlich vollkommen darüber im Klaren war, dass es dabei nicht darum ging, sich schüchtern zu verhalten. Im Gegenteil, Mr. Cromarties Selbstachtung hing davon ab, dass er in allen seinen Beziehungen zu denen, mit denen er etwas zu tun hatte, einen Eindruck von ungestörter Ruhe und größter Höflichkeit bewahrte.

Eines Abends, als er nach den Füchsen Ausschau hielt, kam der Besitzer des kleinen Katzenhauses auf ihn zu und begann ein Gespräch. Nach ein paar trivialen Bemerkungen, die ihrem gewöhnlichen Zweck dienten – das heißt, sie ließen Mr. Cromartie wissen, dass der Wärter ein freundlicher und ihm wohlgesonnener Kerl war – sagte er:

„Ich denke, es wäre ein guter Plan, wenn man aus einem der Tiere ein Haustier machen würde, wenn man das möchte. Es scheint eine

Verschwendung für dich zu sein, hier zu sein und nicht zu den abgelegenen Haustieren zu gehören."

Mr. Cromartie hatte an diesem Tag gedacht, dass der vielleicht größte Nachteil, den er in seiner Situation hatte, darin bestand, dass er keinen vertrauten Freund haben konnte. Auf sein früheres Leben hatte man gänzlich verzichtet und es war ihm nun verschlossen, so dass es keinen Zweck hatte, nach einem solchen zurückzublicken. Gleichzeitig war er so völlig vom normalen Leben der Menschheit abgeschnitten, dass er es nicht riskieren wollte, mit seinen Mitmenschen Verkehr zu haben, um nicht Mitleid oder beleidigende Neugier zu erleiden .

Der Vorschlag dieses Tierpflegers hätte zu keinem besseren Zeitpunkt kommen können, denn er erkannte, dass er vielleicht einen *Freund finden würde, obwohl er sich vielleicht nicht für ein Haustier interessierte* . Auf jeden Fall, überlegte er, sei die Gleichheit der Umstände eine hervorragende Grundlage für jede Bekanntschaft, und nirgendwo könne er die Lebensumstände eines Tieres so gut mitteilen wie hier im Zoo. Wäre er in einen tropischen Dschungel gegangen, wäre es nicht näher gewesen, denn dort wären die Tiere zwar zu Hause gewesen, er aber nicht.

Er folgte dem Tierpfleger in das kleine Katzenhaus und unterhielt sich noch eine Weile mit ihm.

Zufälligerweise hatte eines der Tiere, die direkt unter der Obhut dieses Mannes standen, Mr. Cromartie angezogen, als er zuvor das Haus betreten hatte. Denn im Caracal sah er ein Unglück, das seinem eigenen entsprach, gepaart mit Schönheit. Der Karakal, das arme Geschöpf, hörte nie auf, sich zu bewegen und drückte sein Gesicht an die Gitterstäbe seines kleinen Käfigs. Es bewegte sich mit unermüdlicher Geschwindigkeit und einer Monotonie hin und her, die von unaussprechlicher Trauer erfüllt zu sein schien.

Auf seine Bitte hin holte der Hüter nun den Karakal heraus, damit er mit ihm sprechen konnte.

Mehrere Tage lang versäumte es Herr Cromartie nicht, dem Karakal jeden Abend einen Besuch abzustatten, und obwohl er nur sehr wenige Annäherungsversuche machte, zeigte er dem Geschöpf, dass er freundlicher zu sein schien als die meisten seiner Mitgefangenen. Diese Beharrlichkeit wurde nicht aufgegeben, denn nach fünf oder sechs Tagen hörte der Caracal mit seinen traurigen Bewegungen vor seinen Gittern auf, als Cromartie hereinkam, und kümmerte sich mit offensichtlichem Bedauern um ihn, als die Zeit für ihn gekommen war, zu gehen.

Der Hüter seinerseits war außerordentlich erfreut darüber, dass sein Caracal einen solchen Gefährten bekam, und vielleicht umso mehr, als es nicht sein eigener Favorit war ; Insbesondere gab sich der Mann die Ehre, Mr. Cromartie geraten zu haben, das eine oder andere Tier zum Haustier zu machen. Es dauerte nicht lange, bis er die Nachricht davon verbreitete und es dem Kurator und anderen Mitarbeitern erzählte, die interessiert sein könnten.

Das Ergebnis all dessen war, dass Cromartie eines Abends, als er lesend saß und für die Nacht eingesperrt war, plötzlich hörte, wie die Tür aufgeschlossen wurde, und sah, wie der Kurator zu ihm kam, um ihn zu besuchen.

„Oh, ich bin gerade eingestiegen, Mr. Cromartie", sagte der Kurator auf die freundlichste Weise, „für ein oder zwei Worte. Der Besitzer des kleinen Katzenhauses hat mir erzählt, dass du den Karakal zu einem ganz besonderen Haustier gemacht hast."

Bei diesen Worten wurde Cromartie ein wenig blass und sagte zu sich selbst: „Das Fett ist jetzt im Feuer." Er wird uns die Fortsetzung unserer Freundschaft verbieten; Ich hätte damit rechnen sollen."

Die nächsten Worte, die der Kurator sagte, täuschten ihn nicht, denn er fuhr fort: „Wie wäre es denn, Mr. Cromartie, wenn Sie diesen Kerl in Ihrem – hier bei Ihnen, meine ich?" hätten? Sie müssen ihn natürlich nicht haben, es sei denn, Sie möchten, und Sie müssen ihn nicht einen Tag länger behalten, als Sie möchten. Ich versuche nicht, Platz zu sparen, das versichere ich Ihnen."

Herr Cromartie nahm den Vorschlag dankbar an und es wurde vereinbart, dass der Caracal kommen und ihm für ein paar Tage einen Probebesuch abstatten sollte.

Am nächsten Abend ging er wie üblich zum kleinen Katzenhaus, aber dieses Mal, als der Karakal herausgelassen wurde, lud er ihn ein, mit ihm zurückzukommen, und ohne große Zurückhaltung folgte ihm das Tier und ging dann mit ihm an seiner Seite und Dann lief die Katze mit zunehmendem Selbstvertrauen ein paar Meter vor ihm her und blieb ab und zu stehen, als wollte sie ihn fragen:

„Wohin sollen wir jetzt gehen, Kamerad?"

ihn zukam, schüttelte er die Quasten seiner Büschelohren und rannte wieder vor ihm her. Sie können sicher sein, dass der arme Caracal keine Sehnsucht nach seinem kleinen Käfig verspürte. Nein, tatsächlich rannte er in die geräumigeren Gemächer seines Freundes, als wäre er damit zufrieden, dort für immer zu bleiben , und nachdem er sie vier- oder fünfmal umrundet hatte, sprang er auf den Tisch und von jedem herunter Er ließ sich auf den Stühlen nieder, als wäre er zu Hause, und vielleicht war er es tatsächlich zum ersten Mal, seit er in die Gärten gekommen war.

Diese hübsche Art von Katze, für die er den Karakal hielt (nicht aber, weil sie einige Tugenden besaß, für die Katzen normalerweise nicht berühmt sind), erwies sich für ihn in seiner Gefangenschaft als sehr großer Trost. Denn das Geschöpf hatte tausend spielerische Tricks und hübsche Wege, die ihm Freude bereiteten. So lange hatte er den ganzen Tag lang nichts außer seinen Nachbarn , den schmutzigen Affen, und den starrenden Gesichtern einer Menschenmenge sehen können, die alle Eigenschaften dieser Affen zu teilen schien (und weniger Entschuldigung dafür hatte, dort zu sein), dass es so war Für ihn war es ein seltenes Glück, ein anmutiges und bezauberndes Geschöpf an seiner Seite zu haben. Darüber hinaus war es sein Gefährte, der Freund seiner Wahl und der Teilhaber seines Unglücks. Sie waren in allem gleich, und in ihrer Liebe gab es nichts von der kriecherischen Unterwürfigkeit auf der einen Seite und der herrschsüchtigen Besitzherrschaft auf der anderen Seite, die fast jeden Umgang mit Menschen und Tieren für beide Seiten so erniedrigend macht. Obwohl es fantasievoll erscheinen mag, gab es tatsächlich eine starke Ähnlichkeit in den Charakteren dieser beiden Freunde.

Beide waren von Natur aus fröhlich und sportlich und hatten angenehme Manieren, die die ungezähmte Wildheit ihres gelbbraunen Herzens bewundernswert verbargen. Aber die Ähnlichkeit lag hauptsächlich in ihrem übertriebenen und hartnäckigen Stolz. Bei beiden war Stolz die Triebfeder all ihrer Handlungen, obwohl sich diese Qualität zwangsläufig bei einem Mann und bei einer seltenen und kostbaren Art von Katze sehr unterschiedlich zeigen musste. In der Gefangenschaft, obwohl sie in einem Fall freiwillig erfolgte und im anderen Fall erzwungen wurde, wollte keiner von ihnen schmeicheln oder sich völlig und vollständig unterwerfen.

Denn obwohl Mr. Cromartie stets völlige Resignation und vorbildlichen Gehorsam an den Tag legte, handelte es sich doch nur um eine vorgetäuschte Unterwerfung.

Der Besuch seines neuen Freundes gefiel beiden Seiten, und im Allgemeinen fanden sie keine der Schwierigkeiten, die das Leben auf engstem Raum manchmal mit sich bringt. Es ist wahr, dass der Karakal nachts nicht schlief, sondern den ganzen ersten Teil der Nacht damit verbrachte, hierhin und dorthin zu streifen; Dennoch stand es auf sehr leisen und gepolsterten Füßen, und am nächsten Morgen hatte er es satt, umherzustreifen, so dass Mr. Cromartie beim Aufwachen seinen Freund immer zusammengerollt auf dem Bett neben sich vorfand.

In all ihren Beziehungen versuchte der Mann nie, Autorität über das Tier auszuüben; Wenn der Karakal wegging, rief er ihn nicht zurück, noch versuchte er, ihn mit Leckerbissen von seinem Tisch in Versuchung zu führen, noch brachte er ihm durch Belohnungen irgendwelcher Art neue Tricks bei. Wenn man sie beide zusammen betrachtet, scheint es, als ob sie sich der Anwesenheit des anderen nicht bewusst wären oder als ob nichts als völlige Gleichgültigkeit zwischen ihnen bestünde. Nur wenn der Karakal seine Geduld zu sehr strapazierte, indem er entweder sein Essen aß, bevor er fertig war, oder indem er beim Schreiben mit der Feder spielte, beschimpfte er ihn oder gab ihm eine kleine Handschelle, um seinen Unmut zu zeigen. Bei solchen Gelegenheiten fletschte der Karakal ein- oder zweimal die Zähne und streckte seine scharfen und bösen Krallen aus, doch er überlegte es sich immer noch einmal, bevor er sie gegen seinen großen, sich langsam bewegenden Freund einsetzte. Natürlich wurde Mr. Cromartie, wie zu erwarten war, ein- oder zweimal gekratzt, aber das geschah im Spiel oder war einfach ein Zufall; Tatsächlich war es fast immer der Fall, wenn der Karakal auf seiner Schulter vom Boden aufsprang und sich festhielt, damit er nicht aus dem Gleichgewicht geriet. Nur einmal war das überhaupt ernst, und dann, weil der Karakal einen höheren Sprung als gewöhnlich versuchte und auf seinem Kopf und Nacken landete. Herr Cromartie schrie vor Überraschung und Schmerz auf, und der Karakal zog sofort seine Krallen ein und versuchte durch Schnurren und viele liebevolle Berührungen seines Körpers mit seinem Freund, seine Missetat wiedergutzumachen. Mr. Cromartie blutete aus zehn Dolchwunden auf seiner Kopfhaut, aber nach dem ersten Moment sprach er sanft mit der Katze und vergab ihm voll und ganz. All dies war jedoch nichts im Vergleich zu dem Glück, das er hatte, einen Gefährten zu haben, der ihn in seiner Gefangenschaft begleitete, und einen Gefährten, der umso glücklicher war, ihn zu haben.

Auf Wunsch von Cromartie wurde der Caracal nun dauerhaft bei ihm installiert und ein weiteres Brett wurde an der Vorderseite des Käfigs neben seinem eigenen angebracht. Es trug die Inschrift:

CARACAL
Felis Caracal. ♂ Irak.
Präsentiert von Squadron N, RAF, Basra.

Es waren weder Bilder von Menschen noch von Karakal beigefügt, da man davon ausging, dass Besucher sie unterscheiden könnten. Die Öffentlichkeit zeigte große Wertschätzung dafür, dass der Mann seinen Käfig mit einem Tier teilte, und Mr. Cromartie wurde plötzlich, was er vorher nicht gewesen war, äußerst beliebt. Das Blatt wendete sich, und alle fanden die Person, die sie so empört hatte, bezaubernd . Statt bösartiger Bemerkungen oder sogar Beleidigungen hallten Mr. Cromarties Ohren von Freudenschreien wider.

Diese Veränderung war sicherlich eine zum Besseren, obwohl Mr. Cromartie bedachte, dass sie mit der Zeit genauso langweilig werden könnte, wie es früher mit bösartigen Bemerkungen der Fall gewesen war. Er verteidigte sich gegen jeden auf die gleiche Weise, das heißt, er hielt die Ohren zu, blickte niemals durch das Netz, wenn er es verhindern konnte, und las seine Bücher, als wäre er tatsächlich ein Gelehrter, der in seinem eigenen Arbeitszimmer arbeitete.

Er saß so da und las die „Wilhelm Meister", zu seinen Füßen sein Begleiter, der Karakal, als er plötzlich seinen Namen rief und aufblickte.

Da war Josephine, die vor ihm stand und ihn ansah, ihr Gesicht war blass, ihr Mund war starr und ihre Augen starrten.

Mr. Cromartie sprang auf, aber als er überrascht war, verlor er für einen Moment seine Selbstbeherrschung.

"Mein Gott! Warum bist du gekommen?" fragte er sie aufgeregt.

Josephine war für einen Moment von dieser Begrüßung überrascht und als er zur Vorderseite seines Käfigs schritt, trat sie von ihm zurück. Im Moment war sie verwirrt. Dann sagte sie:

„Ich bin gekommen, um Sie nach einem Buch zu fragen. Der zweite Band von „Les Liaisons Dangereuses". Tante Eily macht viel Aufhebens darum. Sie sagt, die Platten machen es zu einer sehr wertvollen Ausgabe. Sie verdächtigt mich, es auch zu lesen, und hält es für ungeeignet …"

Während sie sprach, begann Cromartie zu lachen, kniff die Augen zusammen und zeigte die Zähne.

„ Meine Vergesslichkeit hat dich also in Schwierigkeiten gebracht, oder?" er hat gefragt. Dann: „Es tut mir schrecklich leid. Ich habe es tatsächlich hier. Ich werde es dir heute Abend posten. Leider kann ich es nicht durch das Drahtgeflecht schlüpfen. Das ist einer der Nachteile des Käfiglebens."

Josephine hatte Cromartie schon lange nicht mehr so charmant gesehen. Auch ihr eigener Gesichtsausdruck veränderte sich, aber sie blieb immer noch schüchtern und unbeholfen und hatte offensichtlich Angst davor, dass jemand in das Affenhaus kam und sie zusammen beim Reden vorfand.

Einen oder zwei Augenblick lang schwiegen sie. Sie sah den Karakal an und sagte:

„Ich habe in der Zeitung gelesen, dass Sie einen Begleiter haben. Ich gehe davon aus, dass es ein sehr guter Plan ist. Du siehst besser aus. Ich leide an Bronchitis und liege seit vierzehn Tagen im Bett, seit Sie mich das letzte Mal gesehen haben."

Doch während Josephine sprach, verfinsterte sich Cromarties Gesicht erneut. Er bemerkte ihre Unbeholfenheit und ärgerte sich darüber. Er erinnerte sich auch an ihren letzten Besuch und daran, wie sie sich damals verhalten hatte. Als er sich an all das erinnerte, runzelte er die Stirn, richtete sich auf, rieb sich ziemlich verärgert die Nase und sagte:

„Du musst erkennen , Josephine, dass es für mich übermäßig schmerzhaft ist, dich zu sehen. Tatsächlich bin ich mir nicht sicher , ob ich es noch länger ertragen kann, dieser Gefahr ausgesetzt zu sein. Das letzte Mal kamen Sie zu mir, um mir mitzuteilen, dass Sie mich für verrückt halten. Ich glaube nicht, dass du Recht hast, aber wenn ich mich nicht davor hüten kann, dich zu sehen, werde ich wahrscheinlich verrückt. Deshalb muss ich Sie schon im Interesse meiner eigenen Gesundheit darum bitten, nie wieder in meine Nähe zu kommen. Wenn Sie etwas Dringendes mitzuteilen haben, es ein weiteres Buch von Ihnen geben sollte oder einen anderen Grund haben, können Sie mir jederzeit schreiben. Nichts, was Sie sagen oder tun können, kann alles andere als äußerst schmerzhaft und anstrengend sein, selbst wenn Sie mir gegenüber freundlich gesinnt wären; Aber aus Ihrem

Verhalten kann ich nur schließen, dass Sie mir Schmerzen bereiten wollen und hierher kommen, um sich damit zu amüsieren, mir weh zu tun. Ich warne Sie, ich werde mich nicht der Folter hingeben."

„So einen Unsinn habe ich noch nie gehört, John. Ich hatte gehofft, dass es dir besser geht, aber jetzt bin ich mir sicher, dass du wirklich verrückt bist", sagte Josephine. „So wurde noch nie mit mir gesprochen. Und du bildest dir ein, dass ausgerechnet ich dich sehen will!"

„Nun, ich verbiete Ihnen, mich in Zukunft zu besuchen", sagte Mr. Cromartie.

"Verbieten! Du verbietest es!" rief Josephine, die jetzt wütend auf ihn war. „Du verbietest mir zu kommen! Merken Sie nicht , dass Sie ausgestellt werden? Ich oder jeder andere, der einen Schilling zahlt, kann kommen und dich den ganzen Tag anstarren. Ihre Gefühle brauchen uns nicht zu beunruhigen; darüber hättest du vorher nachdenken sollen. Du wolltest dich zur Schau stellen, jetzt musst du die Konsequenzen tragen. Verbiete mir, dich anzusehen! Du lieber Himmel! Die Unverschämtheit des Tieres! Du bist jetzt einer der Affen, wusstest du das nicht? Du stellst dich auf eine Stufe mit einem Affen und bist ein Affe, und ich für meinen Teil werde dich wie einen Affen behandeln."

Dies wurde auf eine kalte, höhnische Art und Weise gesagt, die für Mr. Cromartie völlig zu viel war. Das Blut schoss ihm in den Kopf und mit einem von fast wahnsinniger Wut verzerrten Gesicht schüttelte er ihr durch die Gitterstäbe hindurch die Faust. Als er endlich sprechen konnte, sagte er ihr nur mit unnatürlicher Stimme:

„Dafür werde ich dich töten. Verdammt, diese Riegel!"

„Sie haben einige Vorteile", sagte Josephine kühl. Sie hatte Angst, aber während sie sprach, legte sich Mr. Cromartie auf den Boden seines Käfigs und sie sah, wie er sein Taschentuch in den Mund steckte und hineinbiss; Er hatte Tränen in den Augen und manchmal stieß er ein tiefes Stöhnen aus, als wäre er seinem Ende nahe.

Das alles erschreckte Josephine noch mehr als seine Drohung, er würde sie ermorden. Und als sie sah, wie er sich dort hin und her wälzte, als hätte er einen Anfall, bereute sie das, was sie zu ihm gesagt hatte, und dann trat sie direkt an das Netz seines Käfigs heran und fing an, ihn anzuflehen, ihr zu vergeben und zu vergessen, was sie hatte sagte.

„Ich habe es nicht ein Wort ernst gemeint, liebster John", sagte sie mit einer neuen und veränderten Stimme, die ihn kaum erreichen konnte, so sanft war sie. „Wie kannst du denken, dass ich dir wehtun will, wenn ich in dein elendes Gefängnis komme, um dich zu sehen, weil ich dich liebe und dich trotz allem, was du nur mit Absicht getan hast, um mich zu verletzen, nicht vergessen kann?"

„Oh, geh weg, geh weg, wenn du noch Mitleid in dir hast", sagte John. Seine eigene Stimme war jetzt wieder zu ihm zurückgekehrt, aber er schluchzte ein- oder zweimal zwischen seinen Worten.

Inzwischen kam der Karakal, der die ganze Szene mit großer Verwunderung beobachtet und zugehört hatte, auf ihn zu und begann, ihn in seiner Not zu trösten, indem er zuerst an seinem Gesicht und seinen Händen schnupperte und sie dann leckte.

Und bevor zwischen Josephine und John noch etwas gesagt werden konnte, öffnete sich die Tür und eine ganze Gruppe Leute kam herein, um die Affen zu sehen. Daraufhin verließ Josephine das Haus und den Garten, stieg in ein Taxi und fuhr direkt nach Hause, als wäre sie in einem Albtraum. Was Mr. Cromartie betrifft, so kämpfte er sich schnell auf die Beine und eilte aus seinem Käfig in sein Versteck, um sein Gesicht zu waschen, seine Haare zu kämmen und sich ein wenig zu beruhigen, bevor er sich der Öffentlichkeit stellte; Aber als er zurückkam, war die Gruppe verschwunden und da war nur noch sein Caracal, der ihn anstarrte und ihn so klar wie Worte fragte:

„Was ist los, mein lieber Freund? Bist du jetzt in Ordnung? Ist es vorbei? Es tut mir leid für dich, obwohl ich ein Caracal bin und du ein Mann. Tatsächlich liebe ich dich sehr zärtlich."

Als er zurück in seinen Käfig ging, war nur der Caracal da, nur der Caracal und „Wilhelm Meister" lagen auf dem Boden.

In dieser Nacht erlitt Miss Lackett alle Qualen, die die Liebe geben kann, denn ihr Stolz schien sie jetzt verlassen zu haben, als sie ihn am meisten als Stütze brauchte, und ohne ihn waren ihr Mitleid für den armen Mr. Cromartie und ihre Scham über ihre eigenen Worte frei reduziere und demütige sie völlig.

„Wie kann ich jemals wieder mit ihm sprechen?" fragte sie sich. „Wie kann ich jemals auf Vergebung hoffen, wenn ich in seiner elenden Gefangenschaft zweimal zu ihm gegangen bin und jedes Mal habe ich ihn beleidigt und die Dinge gesagt, deren Anhörung ihn am meisten verletzen würde?"

„Von Anfang an", sagte sie sich, „ war alles meine Schuld. Ich habe ihn dazu gebracht, in den Zoo zu gehen. Ich nannte ihn verrückt, verspottete ihn und ließ ihn leiden, obwohl alles auf mein unbezähmbares Temperament, meinen Stolz und meine Herzlosigkeit zurückzuführen war. Aber die ganze

Zeit habe ich gelitten, und jetzt ist es zu spät, etwas zu tun. Er wird mir jetzt nie verzeihen. Er wird es nie ertragen, mich wiederzusehen, und ich muss immer leiden. Wenn ich mich anders verhalten hätte, hätte ich ihn und mich vielleicht auch retten können. Jetzt habe ich seine Liebe zu mir getötet, und wegen meiner Torheit muss er für immer Gefangenschaft und Einsamkeit erleiden , und ich selbst werde elend leben und es nie wieder wagen, meinen Kopf hochzuhalten."

Die Vorsehung hat die Menschheit nicht für Emotionen wie diese vorbereitet; Sie können zwar akut spürbar sein, aber bei einem gesunden und temperamentvollen Mädchen sind sie nicht von sehr dauerhafter Natur.

Lackett am nächsten Morgen aufwachte , nachdem sie den größten Teil der Nacht den bittersten Selbstvorwürfen und der völligen Demütigung ihres Geistes gewidmet und genug Tränen vergossen hatte, um ihr Kissen unangenehm feucht zu machen ein sehr hoffnungsvoller Geisteszustand. Sie beschloss, Herrn Cromartie an diesem Nachmittag zu besuchen, und schickte ihm eine Nachricht, in der sie ihn mit folgenden Worten von ihrer Absicht in Kenntnis setzte:

Eaton Square.

LIEBER JOHN ,

Du weißt genau, dass ich mich schlecht benommen habe, weil ich dich immer noch liebe. Ich schäme mich sehr, bitte verzeihen Sie mir, wenn Sie können. Ich muss dich heute sehen. Darf ich am Nachmittag kommen? Das ist sehr wichtig, denn ich glaube nicht, dass wir beide noch lange so weitermachen können. Ich komme am Nachmittag. Bitte stimmen Sie zu, mich zu sehen, aber ich werde nicht kommen, es sei denn, Sie schicken mir durch den Boten die Nachricht, dass ich es darf.

Mit freundlichen Grüßen
JOSEPHINE LACKETT .

In dem Moment, als Josephine den Boten losgeschickt hatte, bereute sie, was sie darin gesagt hatte, und nichts schien ihr sicherer zu sein, als dass ihr Brief Cromartie noch mehr verärgern würde. Im nächsten Moment dachte sie bei sich: „Ich habe mich der größten Demütigung ausgesetzt, die eine Frau ertragen kann." Für ein oder zwei Sekunden erfüllte sie das mit Angst, und in diesem Moment hätte sie sich am liebsten umgebracht. Da weder Gifte , noch Poignards, Pistolen noch Abgründe in Reichweite waren, tat sie nichts, und in weniger als einer Minute verging die Stimmung, und sie sagte sich:

„Was bedeutet meine Demütigung? Ich habe letzte Nacht mehr davon gelitten, als ich jemals wieder leiden kann. Letzte Nacht habe ich mich in meinen eigenen Augen gedemütigt. Wenn John heute versucht, mich zu demütigen, wird er feststellen, dass die Arbeit erledigt ist. In der Zwischenzeit muss ich selbstbeherrscht sein. Ich habe keine Zeit, mich mit meinen Gefühlen zu beschäftigen; Ich habe viele Dinge zu tun. Ich muss John sehen, und da ich in ihn verliebt bin, muss ich mich mit ihm arrangieren. Ich muss einen Handel mit ihm machen."

Diesen Gedanken folgend, ging sie sofort hinaus, mit der Absicht, zum Zoo zu laufen, ohne noch länger auf die Rückkehr des Botenjungen zu warten. Aber ihr Geist war immer noch beschäftigt.

„Ich werde ihm vollkommen verzeihen und ihm anbieten, mich heimlich mit ihm zu verloben, als Gegenleistung dafür, dass er den Zoo sofort verlässt."

Als sie dies sagte, dachte sie nicht darüber nach, dass nichts einfacher für sie sein würde, als eine solche Verlobung zu lösen, während es unwahrscheinlich war, dass Cromartie ihn zurücknehmen würde, wenn er einmal die Gärten verlassen hätte.

Aber als sie am Marble Arch ankam , musste sie ein wenig warten, bevor sie die Straße überquerte, und bemerkte einen Mann, der neben ihr Zeitungen verkaufte. Auf dem Plakat, das er trug, sah sie:

Ein Mann im Zoo
wurde von einem Affen zerfleischt

Im ersten Moment brachte sie das Plakat nicht mit ihrem Geliebten in Verbindung; Sie erlaubte sich, sich über den Gedanken zu amüsieren, dass einem Zuschauer in den Finger gebissen werden könnte, doch im nächsten Augenblick kamen ihr Zweifel auf, und sie kaufte hastig die Zeitung.

„Heute Morgen wurde der ‚Mann im Zoo', dessen richtiger Name Mr. John Cromartie ist, von Daphne, dem Orang im Käfig neben ihm, auf schockierende Weise misshandelt." Josephine las den Bericht über die Affäre ganz langsam durch.

Es schien, dass Cromartie an diesem Morgen gegen elf Uhr in seinem Käfig mit dem Caracal Ball gespielt hatte. Beim Ausweichen vor dem Caracal war er schwer gegen die Maschendrahttrennwand gefallen, die ihn vom Orang trennte. Während er sich dort einen Moment ausruhte, sahen die Zuschauer mit Entsetzen, wie er vom Orang gepackt und an den Haaren gepackt wurde. Mr. Cromartie hatte seine Hände hochgehoben, um zu verhindern, dass sein Gesicht zerkratzt wurde, und der Orang hatte es geschafft, seine Finger zu packen und ihnen die Knochen zu brechen. Herr Cromartie hatte großen Mut bewiesen und es gelang ihm, sich vor der Ankunft des Wärters zu befreien. Zwei Finger wurden gequetscht und die Knochen gebrochen; er hatte mehrere schwere Kopfwunden und ein zerkratztes Gesicht davongetragen. Die einzige zu befürchtende Gefahr war eine Blutvergiftung, da die von Affen verursachten Verletzungen bekanntermaßen besonders giftig sind.

Als Josephine dies las, fiel ihr plötzlich ein, wie der König von Griechenland an den Folgen eines Affenbisses gestorben war, und sie wurde immer unruhiger. Sie rief ein Taxi, stieg ein und sagte dem Fahrer, er solle sie so schnell wie möglich zum Zoologischen Garten bringen. Den ganzen Weg dorthin war sie im Fieber der Aufregung und konnte sich nicht beruhigen.

Im Zoo angekommen, ging sie direkt zum Haus des Hauskurators und konnte gerade noch sehen, wie Mr. Cromartie auf einer Trage hineingetragen wurde, doch bevor sie dorthin gelangen konnte, wurde ihr die Tür vor der Nase zugeschlagen. Sie klingelte, aber es dauerte fast fünf Minuten, bis die Tür von einem Dienstmädchen geöffnet wurde, das ihre Karte entgegennahm und sie bat, den Kurator zu sehen, da sie eine Freundin von Mr. Cromartie sei. Bevor das Dienstmädchen jedoch zurückkam, kam die Kuratorin heraus, und Josephine erklärte ihren Besuch ohne jede Verlegenheit. Sie wurde hereingerufen und befand sich in einem schönen, gut beleuchteten Speisesaal in Gegenwart zweier Herren im Morgenmantel, beide mit buschigen Augenbrauen. Der Kurator stellte sie als eine Freundin von Mr. Cromartie vor, und beide warfen ihr einen scharfen Blick zu und verneigten sich.

Sir Walter Tintzel , der ältere der beiden, war ein kleiner Mann mit einem eher runden roten Gesicht; Mr. Ogilvie, ein größerer, jüngerer Mann mit einer Haut wie Pergament und einem Glasauge, in das sie starrte. „Wie geht es dem Patienten?" fragte Josephine und verfiel sofort in den Geisteszustand, der durch die Anwesenheit angesehener Mediziner und insbesondere Chirurgen hervorgerufen wird, einen Geisteszustand, der fast völlige Leere bedeutet, wenn man im Moment zuvor noch so verärgert gewesen sein mag , man stellt fest, dass alle Emotionen schwebend oder im Nebel verschluckt sind. Alle Fähigkeiten sind in einem solchen Moment darauf konzentriert, sich mit einem absurden Anstand zu verhalten.

„Es ist noch ein bisschen zu früh, das zu sagen, Miss Lackett ", antwortete Sir Walter Tintzel , der voller Neugier war, mehr über sie herauszufinden.

„Mein Freund Mr. Ogilvie hat gerade einen Finger amputiert; Meiner Meinung nach wäre es ein ungerechtfertigtes Risiko gewesen, dies nicht zu tun. Es gab mehrere leichte Verletzungen, die aber erfreulicherweise nicht derart drastische Maßnahmen erforderten. Darf ich ohne Unverschämtheit fragen, Miss Lackett , ob Sie Mr. Cromartie schon lange kennen? Soweit ich weiß, sind Sie ein persönlicher Freund, ein enger und lieber Freund von Mr. Cromartie."

Miss Lackett riss bei dieser Bemerkung die Augen weit auf und antwortete:

„Ich war von Natur aus besorgt ... Ja, ich bin ein alter Freund von Mr. Cromartie – und, wenn Sie so wollen, ein enger Freund." Sie lachte. „Besteht die Gefahr einer Blutvergiftung?"

„Es besteht das Risiko, aber wir haben alle Vorsichtsmaßnahmen getroffen."

„Der König von Griechenland starb an einem Affenbiss", rief Josephine plötzlich.

„Das ist Quatsch", unterbrach der Kurator und trat vor. „Warum jeder in den Gärten schon einmal mehr oder weniger schwer von Affen gebissen wurde. Es passiert immer. Es ist schrecklich, sich vorzustellen, dass der arme Kerl einen Finger verloren hat, aber es besteht keine Gefahr."

„Sind Sie sicher, dass keine Gefahr besteht?" fragte Josephine.

Der Kurator wandte sich an die Mediziner. Sie erlaubten sich zu lächeln.

Josephine zog sich zurück und im Saal sagte der Kurator zu ihr:

„Machen Sie sich keine Sorgen um ihn, Miss Lackett ; Das ist natürlich eine abscheuliche Vorstellung, aber es ist nichts Ernstes. Er ist nicht der König von Griechenland; Der Affe ist nicht einmal so ein Affe. Er wird spätestens in ein oder zwei Tagen auf den Beinen sein. Ist Ihr Vater übrigens General Lackett ?"

Josephine war überrascht, gab es aber ohne zu zögern zu.

„Oh ja – er ist ein alter Freund von mir. Kommen Sie nächste Woche eines Tages zum Tee vorbei und sehen Sie, wie es unserem Freund geht."

Josephine ging in weitaus besserer Stimmung, als sie gekommen war, und obwohl sie ein- oder zweimal beunruhigt war, als sie sich an Mr. Cromarties bewusstlosen Körper erinnerte, dessen Kopf mit Bandagen umwickelt und der Körper mit einer Decke bedeckt war, empfand sie ein wenig Angst. Im Gegenteil, sie gab sich sehr bald rosigen Zukunftsvisionen hin.

Daher schien ihr nichts klarer zu sein, als dass Mr. Cromartie den Zoo verlassen würde, und der Verlust eines Fingers war vielleicht kein allzu hoher Preis für die Wiederherstellung seiner normalen Lebensgewohnheiten, oder vielleicht würde sie sagen, kein allzu hoher Preis Strafe für sein Verhalten.

Und es kam ihr auch in den Sinn, dass es für sie jetzt keinen Grund mehr gab, sich vor Cromartie zu demütigen, denn er würde den Zoo verlassen und sich jetzt ganz selbstverständlich mit ihr versöhnen. Es war an ihr, ihm zu vergeben! Sie war knapp entkommen. In was für einer schwachen Lage wäre sie wohl gewesen, wenn sie ihn gesehen hätte, bevor der Affe ihn gebissen hätte! Was für eine starke Stellung sie nun einnahm! Sie müsse sich diese Lektion zu Herzen nehmen, überlegte sie, und dürfe niemals überstürzt aus dem Impuls des Augenblicks heraus handeln, sonst würde sie John jeden Vorteil verschaffen und es gäbe überhaupt keinen Deal mit ihm. Als nächstes erinnerte sie sich an den Brief, den sie ihm geschickt hatte, und verbrachte eine Weile damit, sich an den genauen Inhalt zu erinnern. Als sie sich daran erinnerte, dass sie gesagt hatte, dass sie sich schämte und um Verzeihung gebeten hatte, biss sie sich verärgert auf die Lippen, blieb aber im nächsten Moment stehen und sagte laut: „Wie unwürdig das von dir ist!" Wie kleinlich! Wie vulgär!"

Und sie erinnerte sich in diesem Moment an all die vulgären und schrecklichen Dinge, die sie gefühlt hatte, als sie zum ersten Mal erfahren hatte, dass John in den Zoo gegangen war, und wie sehr sie sich danach dafür schämte und wie hasserfüllt sie sich bei ihren beiden Besuchen benommen hatte ihn. Sie sagte sich damals, dass sie sich schämen sollte, dass sie um Verzeihung bitten sollte und dass sie dankbar dafür sein sollte, dass sie es in ihrem Brief getan hatte, aber im nächsten Moment sagte sie sich: „Trotzdem hat es gewonnen." Es tut mir leid, mich seiner Gnade auszusetzen. Ich muss die Oberhand behalten, sonst wird mein Leben nicht lebenswert sein." Und danach rasten ihre Gedanken wieder zu Zukunftsvisionen, in denen John mit ihrer Hand belohnt wurde und sie ein Landhaus eroberten. Ihr Vater war ein Experte für Fischteiche und Forellenbäche. Er und Cromartie würden natürlich einen Fischteich anlegen. Vielleicht gäbe es um das Haus herum einen Wassergraben. Aber die Gestalt, die sich beim Frühstück über die Schulter ihres Vaters beugte und die Eierkochmaschine wegschob, um einen Plan der neuen Forellenbrüterei zu betrachten, diese Gestalt war eine ganz andere Person als Mr. Cromartie, der verstümmelte, von Affen gebissene Mann in der Zoo.

Als Josephine nach Hause kam , fand sie eine Notiz, die man ihr hinterlassen hatte, die jedoch nicht von Mr. Cromarties Handschrift war.

Es lief wie folgt ab:

Krankenstation, Zoo.

LIEBE JOSEPHINE ,

Ihre Nachricht ist vom Boten angekommen. Ich werde heute Nachmittag nicht die Möglichkeit haben, Sie zu sehen, was mich von der Entscheidung entbindet, dies nicht zu tun. Sie sagen, dass Sie sich mir gegenüber so grausam verhalten, weil Sie mich lieben. Weil ich das weiß, habe ich versucht, auf deine Liebe zu verzichten . Ich denke, du bist ein Charakter, der die Menschen, die du liebst, immer quälen wird. Ich kann Schmerzen nicht gut ertragen; Das allein macht uns unpassend füreinander. Das ist der Hauptgrund, warum ich dich nie wieder sehen möchte.

Sie irren sich, wenn Sie sagen, dass Sie mir etwas von allererster Wichtigkeit sagen müssen. Sofern es nichts mit den Vorkehrungen zu tun hat, die die Zooverwaltung in Bezug auf das Affenhaus trifft, kann es für mich nicht von Bedeutung sein.

Bitte glauben Sie, dass ich Ihnen gegenüber der Vergangenheit keinen Groll hege; Tatsächlich liebe ich dich immer noch, aber ich meine, was ich sage.

Mit freundlichen Grüßen
JOHN CROMARTIE .

Als Josephine diesen Brief zweimal gelesen hatte und erkannte , dass er geschrieben worden sein musste, *nachdem* er vom Affen gebissen worden war und kurz bevor ihm der Finger abgeschnitten wurde, gab sie ihre Hoffnungen auf.

Alles, was sie gefühlt hatte, entpuppte sich als lächerliche Torheit. Wenn John in dem Moment, in dem er sich am meisten gewünscht hatte, der Gefangenschaft zu entkommen, so schreiben konnte, sah sie, dass ihre Pläne für seine Regeneration unmöglich waren. Sie ging in ihr Zimmer und legte sich hin. Alles war verloren.

An diesem Morgen hatte Mr. Cromartie wie üblich sein Frühstück mit Brötchen, Butter, Oxford-Marmelade und Kaffee eingenommen. Als es weggeräumt war, begann er mit dem Caracal Ball zu spielen.

Zu diesem Zweck benutzte er einen gewöhnlichen Tennisball, warf ihn auf den Boden seines Käfigs und ließ ihn auf das Netz und zurück zu ihm springen. Das Spiel ähnelte daher einem Fünferspiel, das Ziel bestand jedoch seinerseits darin, zu verhindern, dass der Caracal den Ball abfing, was ihm übrigens selten öfter als drei- oder viermal im Lauf gelang, denn die Katze war sehr war schnell auf den Beinen und hatte ein gutes Auge.

Nachdem sie etwa zehn Minuten gespielt hatten, rutschte Herr Cromartie bei der Ballannahme nach hinten aus

der hoch sprang und schwer gegen die Maschendrahtwand seines Käfigs fiel. Bevor er das Gleichgewicht wiederfinden konnte, spürte er, wie er an den Haaren gepackt wurde, und begriff sofort, dass es sein Nachbar, der Orang, war, der ihn in seine Fänge gebracht hatte. Das Tier drang dann mit einem Finger bis zum Ohr von Mr. Cromartie vor und schlitzte ihn auf, verletzte jedoch die Trommel nicht. Mr. Cromartie schaffte es dann, den Kopf zu drehen, um seinen Angreifer zu sehen, und stellte fest, dass sein Gesicht nun entblößt und seine Stirn zerkratzt war. Um sich zu schützen, hielt er eine Hand vor sein Gesicht und drückte sich mit der anderen vom Netz ab, als der Orang zwei seiner Finger zwischen den Zähnen erwischte. Der Schmerz ließ ihn seinen Kopf losreißen, und die Haarlocke, an der der Orang ihn festhielt, löste sich direkt aus seiner Kopfhaut.

Der Affe hielt sich immer noch wie eine Bulldogge an seinen Fingern fest. In diesem Moment drang sein Karakal, der zwischen seinen Beinen herumgekrochen war, mit einer Pfote durch das Netz und kratzte mit seinen Krallen an den Schenkeln des Orangs, aber der Affe ließ sich auch dann nicht los. Mr. Cromartie, der für einen Mann in einer solchen Situation einen sehr kühlen Kopf hatte, holte ein paar Wachswesten aus seiner Tasche, schlug sie auf seine Ferse und stieß die leuchtenden Zündschnüre durch den Draht in die Schnauze des Affen und hinein Der Weg ließ ihn sofort los.

Dieser Umstand, dass er nach den Zündschnüren in seiner Tasche tastete, während der Affe seine Finger langsam zu einem bloßen Brei zermahlte, beeindruckte die Zuschauer sehr, die, außer um Hilfe zu rufen, machtlos waren, irgendetwas zu tun. Nicht weniger bemerkenswert war die Art und Weise, wie er, sobald er frei war, den Karakal vom Netz wegzog, bevor der Affe ihn ergreifen konnte, und dies, obwohl die Katze vor Wut des Kampfes außer sich war. Aber seltsamerweise wurde er dabei nicht gekratzt, entweder weil er ihn mit seiner unverletzten Hand am Genick hochzog und direkt aus dem Käfig trug, oder weil der Caracal ihn schon in diesem Moment kannte.

Collins traf genau in diesem Moment ein und der Schock war fast zu groß für ihn; Es wurde bemerkt, dass er totenweiß war und kaum sprechen konnte. Mr. Cromartie war mit Blut bedeckt, Blut strömte aus seinem Ohr und seinen Fingern, und sein ganzes Haar war blutverklebt, aber er kam sofort zurück, nachdem er seinen Caracal eingesperrt hatte, um den Zuschauern zu zeigen, dass er nicht schwer verletzt war; sie ihrerseits klatschten vor Freude in die Hände, entweder weil sie froh waren, ihn entkommen zu sehen, oder weil sie dankbar waren, dass ihnen ein so ungewöhnliches Schauspiel umsonst geboten wurde.

Cromartie ging dann zurück in sein inneres Zimmer und Collins führte ihn sofort in die Krankenstation, wo ihm Erste Hilfe geleistet wurde. Kurze Zeit später erhielt er Josephines Brief und diktierte dem Boten eine Antwort, die er ihr überbringen sollte. Es gab eine kleine Verzögerung, als der Bote ihn erreichte.

Kaum hatte er den Brief abgeschickt, wurde er betäubt und der dritte Finger seiner rechten Hand amputiert.

Nach der Operation und bevor er das Bewusstsein wiedererlangte, wurde er zum Haus des Kurators gebracht, der entschieden hatte, dass er sich dort wohler fühlen würde als anderswo. Allerdings hatte sich Mr. Cromartie zu diesem Zeitpunkt mit vollkommener Gelassenheit verhalten und seine Verletzungen ohne mit der Wimper zu zucken ertragen, und zwar nicht nur zum Zeitpunkt des Angriffs, sondern auch über drei Stunden danach, und war in dieser Zeit in der Lage gewesen, einen Brief zu verfassen, als ob nichts geschehen wäre Als dies geschehen war, hatte er einen großen Nervenschock erlitten, dessen Auswirkungen sich erst am nächsten Tag zeigten. Er verbrachte eine sehr unruhige Nacht, aber am Morgen ging es ihm viel besser; aß ein gewöhnliches Frühstück, stand aber nicht auf, und Sir Walter Tintzel , der ihn gegen elf Uhr besuchte, war zuversichtlich und sagte eine schnelle Genesung voraus. Am Nachmittag war er unruhig und litt stark, und als der Abend kam, stieg seine Temperatur rapide an. In dieser Nacht befand er sich in einem Zustand unbeständigen Deliriums, schlief gelegentlich ein und wachte mit Albträumen auf, die auch dann anhielten, wenn er scheinbar hellwach war.

Am zweiten Tag stieg das Fieber an und es wurde eine Blutvergiftung in akuter Form festgestellt , doch der Patient war vollkommen vernünftig. Am dritten Tag waren die Symptome einer Blutvergiftung stärker ausgeprägt. Der Patient verfiel in ein Delirium, das die folgenden drei Tage ununterbrochen anhielt. Die meisten der fieberhaften Halluzinationen, die ihn erfüllten, verschwanden vollständig, als er das Bewusstsein wiedererlangte. Doch Mr. Cromartie hatte eine klare und lebhafte Erinnerung an einen von ihnen. Er wusste, dass dies nichts weiter als ein Traum war, und doch schien es ihm nur passiert zu sein, und der Traum oder die Vision war einzigartig genug, um sie hier niederzulegen.

Am Strand eilten die Menschen in kleinen Scharen wie schmutzige Rauchböen entlang, die in Abständen in Streifen über die Straße geweht wurden. Sie kamen alle auf ihn zu, als er vom Somerset House zum Trafalgar Square ging. Niemand ging so wie er, und keiner der Menschen, denen er begegnete, streifte ihn oder sah ihn auch nur an, sondern sie zogen sich nach rechts und links zurück und ließen ihn so vorbei. Manchmal, wenn eine Gruppe von ihnen an ihm vorbeikam, nahm er ihren Geruch wahr , und der Geruch machte ihn krank.

Sie hatten Angst, sie eilten vorbei, aber er dachte an den großen Mann Sir Christopher Wren, der die Straße geplant hatte, durch die er gerade ging. Aber niemand kümmerte sich darum, niemand hatte sie gebaut, obwohl die Pläne alle aufgerollt und fertig lagen und heute noch genauso gut wie zur Zeit König Karls II.

Plötzlich hob er seinen Kopf, und oben am Himmel zeichnete sich absichtlich ein weißer Streifen ab. Es war ein Flugzeug, das Werbung schrieb. Also blieb er mitten in der eiligen Menge stehen, um es zu beobachten; Jetzt konnte er das winzige Flugzeug gerade noch wie ein kleines braunes Insekt sehen. Langsam zeichnete sich am Himmel eine lange gerade Linie und dann eine Schleife ab – es musste sicherlich die Zahl 6 sein. Und dann hörte das Flugzeug auf, Rauch auszustoßen, und wurde fast unsichtbar, als es kichernd über den Himmel flog.

Die Ziffer schwoll an und wuchs und wurde langsam weggeblasen, als plötzlich ein weiterer weißer Streifen erschien und das Flugzeug etwas anderes zeichnete. Aber als er zusah, wurde ihm bewusst, dass es im Grunde wieder dasselbe war, noch eine 6, und als das geschehen war, stieg das Flugzeug wieder in den Himmel und zog eine weitere 6, aber bereits seine erste Arbeit wurde durch den Wind zunichte gemacht und herein Ein paar Augenblicke lang war am Himmel nichts zu sehen außer ein paar Rauchschwaden.

Für ein oder zwei Sekunden spürte Cromartie, wie er im Flugzeug schwankte , das summend über den Himmel flog, bevor es wie eine meckernde Bekassine wieder zur Seite fiel; Das war nur ein Moment, so als ob man die Augen schließt und sich einbildet, man könnte spüren, wie sich die Erde im Weltraum dreht, und dann ging Cromartie aus dem Strand auf den Trafalgar Square. Es war leer und er blickte verwundert auf das Nelson-Denkmal. Die großen Tiere des Landsehers stellten ihre Füße flach vor sich auf. Was waren das, fragte er sich? Löwen oder Leoparden oder vielleicht Bären? Er konnte es nicht sagen. Und plötzlich sah er, dass seine rechte Hand blutete und seine Finger verschwunden waren. Eine große Menschenmenge hatte den Platz betreten; Die Springbrunnen spielten, die Sonne schien, und er stieg in einen scharlachroten Omnibus. Aber schon bald sah er, dass die Leute im Omnibus miteinander flüsterten und ihn alle ansahen, und er wusste, dass es daran lag, dass sie seine verletzte Hand sahen. Er legte seine andere Hand an seine Stirn und auch dort war Blut. Da hatte er Angst vor den Leuten im Bus und stieg aus. Doch wo auch immer er umherwanderte, blieben die Leute stehen und starrten ihn an und flüsterten, und als er zwischen ihnen ging, wichen sie beiseite und bildeten kleine Gruppen und blickten ihm nach, als er vorbeiging, und das nur, weil sie ihn an den Wunden auf seinem Kopf erkannten und auf seiner Hand.

Sie murmelten alle und blickten ihn hasserfüllt an, aber irgendetwas hielt sie zurück, so dass sie alle Angst hatten, mit dem Finger zu zeigen, obwohl ihre Augen wie scharfe Dolche waren ...

Er wollte wählen. Er würde seine Stimme abgeben. Nichts sollte ihn aufhalten. Schließlich sah er die beiden Eingänge zur unterirdischen Wahlhalle, auf deren einem „Damen" und auf dem anderen „Herren" stand, und ging die Treppe hinunter. Doch als er den Wärter nach seiner Wahlkarte fragte, nahm der Mann ein großes, in Lammfell gebundenes Buch mit übriggebliebener Wolle heraus, blätterte mehrere Seiten um und blickte darauf. Schließlich sagte er: „Aber Ihr Name steht nicht im Buch des Lebens, Mr. Cromartie. Sie müssen Ihr Geheimnis preisgeben, wissen Sie, wenn Sie registriert werden wollen." Als er das hörte, wurde Herrn Cromartie schlecht, und er bemerkte den Geruch, der von allen anderen Wählern in ihren Wahlurnen ausging; er zögerte und sagte schließlich:

Geheimnis nicht preisgebe, darf ich dann nicht wählen?"

„Nein, Herr Cromartie. Niemand kann wählen, der sein Geheimnis nicht preisgibt, das nennt man Wahlgeheimnis – aber für Sie kommt es sowieso nicht in Frage, zu wählen ... Sie tragen das Malzeichen des Tieres."

Und Mr. Cromartie schaute auf seine Hand und betastete seine Stirn und sah, dass er tatsächlich das Malzeichen des Tieres dort trug, wo es ihn gebissen hatte, und wusste, dass er ein Ausgestoßener war. Das hatten alle geflüstert. Da er sein Geheimnis nicht preisgeben wollte, wurde er von der Menschheit abgelehnt und gehasst, weil er ihnen Angst machte. Sie waren alle gleich, sie hatten keine Geheimnisse, aber er hatte seine Geheimnisse bewahrt, und nun hatte das Biest sein Mal auf ihn gesetzt, und er kam ihnen allen schrecklich vor, und er selbst hatte Angst. „Das Biest hat sein Malzeichen auf mich gesetzt", sagte er sich. „Es wird mich langsam auffressen. Ich kann jetzt nicht entkommen, und eine Sache ist so schlimm wie die andere. Im Großen und Ganzen würde es mir lieber sein, dass das Biest mich langsam auffrisst, als so viel aufzugeben, und der Gestank meiner Artgenossen ekelt mich an."

Und dann hörte er, wie sich das Biest unruhig hinter einer Trennwand bewegte; er hörte das Rascheln von Stroh und das große Geschöpf, das sich langsam am ganzen Körper leckte; Und dann verschlang ihn sein Geruch, süß und warm und schrecklich, und er lag ganz still auf dem Boden des Käfigs und lauschte seinem Schwanz, der neben ihm auf dem Boden aufschlug. Der Schrecken konnte nicht weiter gehen, und schließlich öffnete er die Augen und begriff langsam, dass es sein eigenes Herz war, das schlug, und nicht der Schwanz eines Tieres, und dass um ihn herum saubere Laken und Blumen waren und es nach Jodoform roch. Aber seine Angst hielt den halben Tag an.

Innerhalb von vierzehn Tagen wurde Mr. Cromartie außer Gefahr erklärt, aber er blieb noch einige Zeit in einem so schwachen Zustand, dass er keine Besucher empfangen durfte, so dass Josephine, obwohl sie jeden Tag anrief, nur anrief, um die neuesten Nachrichten zu hören wie er die Nacht verbracht hatte, und Blumen für das Krankenzimmer zu hinterlassen.

In den folgenden Wochen erholte sich Herr Cromartie rasch; Das heißt, obwohl seine normale Gesundheit keineswegs wiederhergestellt war, konnte er zunächst mitten am Tag eine Stunde lang aufstehen und dann einen kurzen Spaziergang durch die Gärten machen.

Die Ärzte, die ihn betreuten, schlugen zu diesem Zeitpunkt vor, dass ein kompletter Ortswechsel von Vorteil wäre, und der Kurator, weit davon entfernt, irgendwelche Hindernisse in den Weg zu legen, drängte den Patienten häufig dazu, einen Monat lang Urlaub in Cornwall zu machen. Dabei begegnete ihm jedoch eine beharrliche und hartnäckige Ablehnung, oder vielmehr völlige Passivität und Widerstandslosigkeit. Herr Cromartie weigerte sich, Urlaub zu nehmen. Er lehnte es ab, alleine irgendwohin zu gehen, fügte jedoch hinzu, dass er dem Kurator vollständig zur Verfügung stehe und bereit sei, an jeden Ort zu gehen, an den er unter der Obhut eines Wächters geschickt werde. Nach einigen Tagen, in denen der Kurator erst einen Plan und dann einen anderen vorschlug, wurde der Plan, Herrn Cromartie wegzuschicken, aufgegeben. Erstens war es schwierig, einen Wärter zu entbehren oder einen geeigneten Mann im Personal zu finden, der Mr. Cromartie begleiten konnte, und es war schwierig, einen geeigneten Ort zu finden, an den sie geschickt werden sollten.

Aber der Hauptgrund, warum diese Pläne aufgegeben wurden, war die apathische und sogar feindselige Haltung, die die Behinderten ihnen gegenüber einnahmen, und weil dem Kurator klar wurde, dass diese Feindseligkeit vielleicht nicht ohne Grund war.

Und in der Tat besteht kein Zweifel daran, dass Herr Cromartie der Meinung war, dass es für ihn sehr viel schwieriger sein würde, am Ende wieder in die Gefangenschaft zurückzukehren, wenn er einmal einen der vorgeschlagenen Feiertage in Anspruch nehmen würde, und er war dagegen, weil er entschlossen war, dies nicht zu tun seinen Verpflichtungen zu entfliehen.

Es wurde daher beschlossen, dass Mr. Cromartie sofort in seinen Käfig zurückkehren sollte, obwohl ihm eingeprägt wurde, dass von ihm nicht erwartet werden würde, dass er der Öffentlichkeit länger als gewünscht zur Schau gestellt würde, und dass er sich zum Ausruhen hinlegen müsse jeden Tag zwei bis drei Stunden lang sein inneres Zimmer.

Auf diese Weise und indem man ihn nach Einbruch der Dunkelheit etwa ein paar Stunden lang mit dem Auto unterwegs war, hoffte man, dass er seine gewohnte Gesundheit wiedererlangen und den Zustand der Apathie abschütteln könnte, der ihm als sein besorgniserregendstes Symptom erschien die Mediziner, die ihn betreuten.

Quartier zurückkehrte, sollte er vom Kurator eine Neuigkeit hören, die ihn sehr beunruhigte, deren volle Bedeutung er jedoch zunächst nicht erkannte .

Der Kurator war bei der Weitergabe dieser Informationen so verwirrt und so entschuldigend und verbrachte so viel Zeit mit einer Einleitung, in der er darlegte, wie sehr sich die Zoologische Gesellschaft ihm verpflichtet fühlte, dass Mr. Cromartie einige Schwierigkeiten hatte, seinen Worten zu folgen, aber schließlich Er verstand den Kern der Sache, und das Wesentliche an der Sache war: Das Experiment, einen Mann zur Schau zu stellen, war ein viel größerer Erfolg gewesen, als irgendjemand im Komitee zu hoffen gewagt hatte; In der Tat ein so großer Erfolg, dass beschlossen wurde, einen zweiten Mann zu haben, einen Neger. Es hatte ihn tatsächlich vor zwei oder drei Tagen beschäftigt und ihn erst an diesem Tag installiert. Die Absicht des Komitees bestand schließlich darin, ein „Männerhaus" einzurichten, das Exemplare aller verschiedenen Rassen der Menschheit enthalten sollte, darunter einen Buschmann, Südseeinsulaner usw. in einheimischer Tracht, aber eine solche Sammlung konnte natürlich nur stattfinden nach und nach und je nach Anlass gestaltet werden.

Die Verlegenheit des armen Kurators, als er diese Enthüllungen machte, war so groß, dass Cromartie nur darüber nachdenken konnte, wie er ihn am besten wieder beruhigen könnte, und obwohl er einen deutlichen Moment der Verärgerung verspürte, als er von dem Neger hörte, tat er es doch habe es komplett unterdrückt. Als der Kurator davon überzeugt war, dass Cromartie ihm diese Neuerungen nicht übel nahm, sondern dass er ihnen gegenüber völlig gleichgültig war, waren seine Freude und Erleichterung ebenso überwältigend wie sein Kummer und seine Verlegenheit zuvor.

Zuerst stieß er tief Luft aus und wischte sich mit einem großen seidenen Taschentuch die Stirn ab; Dann, sein ehrliches Gesicht ganz vor Glück verwandelt, ergriff er Cromartie bei der Hand und dann am Revers und lachte immer wieder, während er erklärte, dass er sich dem Projekt mit aller Kraft widersetzt hatte, weil er sicher war, dass es Cromartie nicht gefallen würde , und nachdem er überstimmt worden war, hatte er nicht gewusst, wie er ihm die Neuigkeit überbringen sollte. Er schwor, dass er zwei Nächte lang nicht geschlafen hatte, als er darüber nachgedacht hatte, aber als er nun erfuhr, dass Cromartie den Plan tatsächlich befürwortete, fühlte er sich wie ein neuer Mann. „Ich bin der größte Narr der Welt", sagte er; „Meine

Fantasie geht mir durch den Kopf. Ich denke immer darüber nach, wie andere Leute sich aufregen werden, und dann stellt sich heraus, dass sie sich über die ganze Angelegenheit keine Gedanken machen, und ich bin der einzige Mensch, der sich überhaupt darüber aufregt ... und das alles nur wegen der Sache von jemand anderem.... Ha! Ha! Ha! Das ist meiner Frau immer wieder so ergangen. Es passiert mir immer. Nun werde ich mit Vollgas mit dem neuen „Man-House" weitermachen, denn, wissen Sie, es ist eine verdammt gute Idee. Das habe ich die ganze Zeit gespürt, aber ich konnte mir nicht aus dem Kopf gehen lassen, dass es dir gegenüber unfair war."

Aber Mr. Cromartie teilte seine Begeisterung nicht; Er wiederholte sich lediglich, wie er es schon so oft zuvor getan hatte, dass er beabsichtige, seinen Teil des Vertrags einzuhalten, solange der Zoo seinen eigenen Vertrag behalte, und dass in all dem nichts enthalten sei, was den Vertrag in irgendeiner Weise verletzen oder ungültig machen würde. Aber als Mr. Cromartie seinen Käfig betrat, sah er einen schwarzen Mann im Käfig nebenan – er bürstete eine schwarze Melone – und es war für Mr. Cromartie ein großer Schock, als ihm klar wurde, dass dieser Mann der Nachbar war, über den der Kurator berichtete hat gesprochen. Dieser Neger war fast kohlschwarz, ein fröhlicher Kerl, gekleidet in ein gestreiftes rosa-grünes Hemd, einen senffarbenen Anzug und Lackstiefel. Als er Mr. Cromartie sah, drehte er sich sofort um und sagte: „Der interessante Invalide ist angekommen", ging zu der Trennwand, die ihn von Cromartie trennte, und sagte zu ihm: „Erlauben Sie mir, Sie wieder in dem Gebiet willkommen zu heißen, das jetzt der Mann ist." Haus. Wenn ich mich vorstellen darf, Joe Tennison: Ich freue mich, Sie kennenzulernen, Herr Cromartie, es ist eine wahre Freude, einen Mann nebenan zu haben." Cromartie verneigte sich steif und sagte sehr unbeholfen „Guten Tag", aber der Neger ließ sich nicht schämen und lehnte sich gegen die Drahttrennwand zwischen ihnen, so dass sie sich ausbeulte.

„Sie werden jetzt den ganzen armen Müll wegräumen", sagte er und zeigte auf den Schimpansen hinter Cromartie. „Sie dürfen nicht länger bei uns bleiben, böse eifersüchtige Bestien; beißen Sie sich die Finger ab, wenn sie Sie erwischen."

Cromartie drehte sich um und sah den Schimpansen an; Es war ihm schon immer ein ziemlich erbärmliches Tier vorgekommen, aber jetzt, wo sein neuer Nachbar Tennison davon sprach, umso mehr ! Und nicht zum ersten Mal empfand er ein freundschaftliches Mitgefühl für den hässlichen kleinen Affen. Tatsächlich hätte er die wilde alte Orang viel lieber wieder an ihrer Stelle gesehen, als dass dieser unerträglich wortreiche Kerl die Tiere in seiner Nähe gönnerhaft behandelt hätte.

Im Moment war Cromartie ziemlich ratlos und hatte keine Ahnung, was er auf die Flut von Mr. Tennisons Bemerkungen antworten sollte. Er hatte überhaupt nichts gesagt, als er ein oder zwei Minuten später durch die Ankunft von Collins mit seinem Caracal erleichtert wurde, der nach Mr. Cromarties Verletzungen in seinen alten Käfig im Katzenhaus zurückgeschickt worden war.

Die Freude über das Zusammensein der beiden Freunde war grenzenlos und wurde von jedem auf seine Weise sehr deutlich zum Ausdruck gebracht. Denn zunächst trottete der Karakal ganz gelassen auf Cromartie zu, als wäre er nur gekommen, um ihn zu beschnüffeln, dann begann er laut zu schnurren und rieb sich ein Dutzend Mal an Cromarties Beinen, schlang sich um sie, und schließlich sprang er nach rechts in die Arme seines Freundes, leckte sein Gesicht und seine Haare und rollte sich für einen oder zwei Momente zusammen, als würde er dort schlafen; aber nein, das dauerte nicht lange, denn er sprang wieder herab. Dann trabte er um den Käfig herum, schnüffelte in den Ecken, sprang auf den Tisch und vergewisserte sich, dass alles in Ordnung war.

Als Joe Tennison ihn rief, ging der Caracal vorbei, ohne ihn anzusehen, und genauso erging es auch seinem Freund, denn als Cromartie hörte, wie der Neger anfing, mit ihm zu reden, nickte er nur mit dem Kopf und ging in sein inneres Zimmer . Aber als Mr. Cromartie dort ankam, dachte er darüber nach, dass dieser Neger einige Jahre lang sein Begleiter und Nachbar sein würde und dass es niemals gut wäre, jedes Mal, wenn er sprach, vor ihm wegzulaufen. Irgendwie musste er Tennison dazu bringen, seine Privatsphäre zu respektieren, ohne ihn zum Feind zu machen, und in diesem Moment sah Mr. Cromartie keine Möglichkeit, dies zu tun. Er nahm jedoch ein Buch mit Waleys aus dem Chinesischen übersetzten Gedichten heraus und ging damit in der Hand zurück in seinen Käfig, setzte sich dann hin und begann zu lesen.

Er lebt in dichten Wäldern, tief zwischen den Hügeln,
oder in Häusern in den Spalten scharfer, steiler Felsen;
Sein Wesen ist wachsam und beweglich, sein Verstand ist flink;
Schnell sind seine Verrenkungen,
passend für jedes Bedürfnis,
ob er nun hundert Fuß hohe Baumstämme erklimmt
oder auf der zitternden Schulter eines langen Astes schwankt.
Vor ihm die dunklen Schluchten unergründlicher Bäche;
Dahinter die stillen Mulden der einsamen Hügel.
Zweige und Ranken sind seine Schaukelstühle.
Auf Sprossen aus verrottendem Holz stolpert er
an gefährlichen Orten. Manchmal huscht ein Sprung nach dem anderen

wie ein Blitz durch den Wald.

Manchmal schlendert er mit einer traurigen, verlassenen Miene umher;
Dann schaut er sich plötzlich
zufrieden strahlend um. Er springt auf,
springt und tänzelt, jubelt und huscht auf seinem Weg.
Er klettert über Klippen, auf spitze Felsen,
tanzt auf Schiefer, der sich bewegt, oder auf Zweigen, die brechen,
biegt plötzlich ab und geht leicht vorbei ...
Oh, welche Zunge könnte
die Geschichte all seiner Tricks enträtseln?
Leider hat er eine Eigenschaft
mit dem Menschenstamm gemeinsam; ihre Süße ist seine Süße,
ihr Bitteres ist seine Bitterkeit. Vom Zucker aus dem Bottich,
vom Treber der Brauerei liebt er es, zu Abend zu essen.
Also stellen die Menschen Wein dorthin, wo er vorbeigehen wird.
Wie er zur Schüssel rennt!
Wie flink leckt und trinkt!
Jetzt taumelt er, fühlt sich benommen und dumm,
Dunkelheit fällt auf seine Augen ...
Er schläft und weiß nichts mehr.
Stehle den Fallensteller auf, packe ihn an der Mähne,
fessele ihn dann an eine Schnur oder ein Band und führe ihn nach Hause;
Binden Sie ihn im Stall an oder sperren Sie ihn im Hof ein;
Wo Gesichter ihn den ganzen Tag lang
anstarren, anstarren, nach Luft schnappen und nicht verschwinden werden.

Während er las, kam Joe Tennison drei- oder viermal zu ihm und begann ein Gespräch, aber Cromartie ignorierte seine Bemerkungen und hob nicht einmal den Kopf, sondern las einfach ruhig weiter.

Glücklicherweise kamen sehr viele Zuschauer, um ihren alten Lieblings -Mr. Cromartie zu sehen, nachdem er zurückgekehrt war, und um auch einen Blick auf den neuen Schwarzen zu werfen, über den fast so viel diskutiert wurde wie nie zuvor über Cromartie sich selbst.

Die Anwesenheit des Publikums war aus zwei Gründen ein Glücksfall; Erstens diente es dazu, Joe Tennison abzulenken, indem es ihm das verschaffte, was er sich im Leben am meisten wünschte – ein Publikum; und zweitens gelang es Mr. Cromartie, indem er die Zuschauer völlig ignorierte, ihm zu zeigen, dass dies seine übliche Art war, sich zu verhalten. Es gab daher keinen Grund, warum sich der Neger dadurch beleidigt fühlen sollte, dass er so behandelt wurde, als ob er nicht existierte. Und hier sollte ich erklären, dass Mr. Cromartie nichts dagegen hatte, dass sein Nachbar ein Neger war,

und keine besonderen Vorurteile gegenüber Personen dieser Hautfarbe hatte
. Herr Tennison war tatsächlich der erste Neger, mit dem er gesprochen
hatte. Gleichzeitig erregte der Kerl ein starkes Gefühl der Abneigung, und
diese Abneigung steigerte sich mit der Zeit immer mehr.

Am nächsten Tag fand Mr. Cromartie Josephine Lackett, die auf ihn
wartete, als er nach dem Frühstück zum ersten Mal in seinen Käfig ging. Sie
stand in einiger Entfernung und schaute aus der Tür des Affenhauses (wie es
früher hieß), und Cromartie rief ihr zu, bevor er darüber nachdachte, was er
gerade tat: „Josephine! Josephine! Was machst du da?"

Sie drehte sich um und kam auf ihn zu, und ihr Anblick berührte Mr.
Cromartie so sehr, dass er sich eine Zeit lang nicht traute, wieder zu sprechen,
und als er es tat, klang es zärtlicher, als er es seit seiner Gefangenschaft getan
hatte. Aber Josephine ihrerseits konnte sich einige Zeit lang nicht an die
Anwesenheit von Mr. Tennison gewöhnen, der nur wenige Meter von ihnen
entfernt in einem Liegestuhl saß und sich immer wieder seine goldgerändete
Brille ins Auge setzte, um sie anzustarren, und Dann ließ er es herausfallen,
als hätte er den Trick noch nicht ganz gelernt, was tatsächlich der Fall war,
da er es erst eine Woche zuvor gekauft hatte.

Eine kurze Zeit lang blieb Josephine nichts anderes übrig, als John zu
seiner Genesung zu gratulieren und ihm zu sagen, wie froh sie sei, dass es
ihm wieder gut ging. Dann dankte sie ihm, dass er sie angerufen und sie mit
ihm sprechen ließ.

„Benimm dich nicht wie eine Gans, Josephine", sagte John Cromartie.
Dann ahnte er, warum sie eingeschränkt war, und sagte: „Meine liebe
Josephine, ignoriere ihn genauso wie ich."

Aber Josephine sagte nichts, und in diesem Moment schlenderte der
Caracal herein, der gerade seine Morgentoilette beendet hatte.

„Ich habe deine Katze mehrmals besucht, während du krank warst",
sagte Josephine. „Er schien sehr unglücklich zu sein und schenkte mir keine
große Beachtung. Ich glaube, er ist Frauen gegenüber eher schüchtern und
nicht an sie gewöhnt."

Herr Cromartie nickte. Er war froh, dass Josephine den Karakal
besucht hatte, aber er wusste, dass sie ihre Zeit verschwendet hatte; Er
kümmerte sich nicht um die Menschen, die von außen in seinen Käfig
schauten. Plötzlich hörte er Josephine sagen: „John, ich muss dich privat
sehen. Ich muss mit dir reden, denn so kann ich nicht weitermachen. Man
kann sich nicht länger vor Dingen drücken."

"Wie meinst du das?"

„Ich meine, Sie müssen erkennen , dass wir miteinander verbunden sind. Es macht mir nichts aus, *was* Sie tun, aber Sie müssen etwas tun. Ich kann so nicht länger weiterleben. Bitte arrangieren Sie irgendwie, dass wir uns sehen und darüber reden."

Nun war es Cromartie, der verlegen und schüchtern war; Cromartie, der nicht einfach über seine Gefühle sprechen konnte, zumindest nicht für längere Zeit. Schließlich ließ er jedoch ein paar unzusammenhängende Bemerkungen fallen, in denen er sagte, es täte ihm sehr leid, aber er könne damals nichts tun, und er sei kein Free Agent. Aber am Ende gewann er mehr Selbstvertrauen und sah Josephine direkt in die Augen und sagte: „Meine Liebe, es ist ganz unvermeidlich, dass wir beide unglücklich sind. Ich liebe dich, wenn du willst, dass ich es so ausdrücke. Ich kann dich nie vergessen, und jetzt scheinst du dasselbe für mich zu empfinden, und auch du musst damit rechnen, sehr unglücklich zu sein. Ich hoffe nur, dass dein Gefühl für mich nachlässt. Ich gehe davon aus, dass das mit der Zeit der Fall sein wird, und ich hoffe, dass mein Mitgefühl für Sie das auch tun wird. Bis dahin müssen wir versuchen, resigniert zu sein."

„Ich bin nicht resigniert", sagte Josephine. „Ich werde darüber wütend werden oder verrückt werden oder so."

„Es ist der größte Fehler von uns, die Gefühle des anderen zu schüren", sagte Cromartie ziemlich rau. „Das ist das Schlimmste, was wir beide tun können, das Unfreundlichste, was wir tun können. Nein, das Einzige, was du tun kannst, ist mich zu vergessen, die einzige Hoffnung für mich ist, dich zu vergessen."

"Das ist nicht möglich; „Es ist schlimmer, wenn wir uns nicht sehen", sagte Josephine.

In diesem Moment bemerkten sie , dass mehrere Leute in das Affenhaus gekommen waren und zögerten, ihr Gespräch zu unterbrechen.

„Es ist ein schlechtes Geschäft", sagte Cromartie, „ein verdammt schlechtes Geschäft", und bei diesen Worten ging Josephine weg. Er wandte sich ab und setzte sich, doch einen Moment später hörte er ein lautes „Entschuldigung, Sah. Entschuldigen Sie die Störung, aber ich glaube, Sah, dass der Vorname Ihrer jungen Freundin Josephine ist. Das ist ein bemerkenswerter Zufall! Denn mein Name ist, wissen Sie, Joseph. Joseph und Josephine."

Wenn Mr. Cromartie Tennison, als er diese Bemerkung hörte, dazu ermutigte, weiterzumachen, dann war das reiner Zufall. Im Moment fühlte er sich schwach, und nur mit einer Willensanstrengung blieb er stehen, wo er war, ohne sich an den Gitterstäben festzuhalten.

„Interessieren Sie sich für die Mädchen?" fragte der Neger. „Sie kommen den ganzen Morgen und beobachten mich, und sie starren so ... er, er, er."

„Nein, ich habe kein Interesse", sagte Mr. Cromartie. Niemand konnte die verzweifelte Aufrichtigkeit in seiner Stimme übersehen.

„Ich bin froh, das zu hören", sagte Tennison, der sofort zu seiner früheren Herzlichkeit und Lebensfreude zurückgekehrt war.

„So fühle ich mich, genau so fühle ich mich. Ich habe überhaupt kein Interesse an Frauen. Nur meine arme alte Mama, meine alte schwarze Mama, sie war die Allerbeste, die Allerbeste, die sie war. Eine Mutter ist die beste Freundin, die man im Leben hat – die beste Freundin, die man finden kann. Meine Mutter war unwissend, sie konnte weder lesen noch schreiben, aber sie kannte fast die gesamte Bibel auswendig, und ich erfuhr von der Erlösung zum ersten Mal aus den Lippen meiner Mutter. Als ich fünf Jahre alt war , lehrte sie mich die Heiligen Worte der Herrlichkeit, und ich wiederholte sie nach ihr Text für Text. Sie war die beste Freundin, die ich jemals haben werde.

„Aber andere Frauen – nein, Sir. Ich habe keine Verwendung für sie. Sie sind nur eine Versuchung im Leben eines Mannes, eine Versuchung, ihn seine wahre Männlichkeit vergessen zu lassen. Und das Schlimmste daran ist: Je mehr du sie meidest, desto mehr laufen sie dir hinterher. Das ist Fakt.

„Nein, ich bin hier viel sicherer und besser aufgehoben, wenn ich an deiner Seite bin, mit diesem Drahtgeflecht und den Gittern, um die Frauen abzuschirmen, und ich vermute, dass es dir genauso geht wie mir. Nicht wahr, Mr. Cromartie?" Cromartie blickte plötzlich auf und sah die Person, die ihn angesprochen hatte.

"Wer bist du?" fragte er und ging dann mit ziemlich wilder Miene aus seinem Käfig in sein Hinterzimmer, wo er sich sehr erschöpft hinlegte.

Er war immer noch sehr geschwächt von seiner Krankheit und die enge Atmosphäre des Affenhauses bereitete ihm Kopfschmerzen. Jeden Moment musste er nun Selbstbeherrschung üben, und es wurde immer anstrengender für ihn, dies zu tun. Sehr oft tat er, was er bei dieser Gelegenheit tat, und zwar legte er sich in sein Hinterzimmer, um sich auszuruhen, und brach dann völlig hemmungslos in Tränen aus, und obwohl er hinterher über sich selbst lachte, tröstete ihn das Weinen doch Dadurch wurde er schwächer als zuvor und neigte wieder eher zum Weinen.

Aber die Sorgen und Nöte der Außenwelt bedeuteten Mr. Cromartie in diesem Moment sehr wenig. Er konnte nicht anders, als die ganze Zeit an Josephine zu denken.

So lange hatte er geglaubt, dass es so viele unüberwindliche Hindernisse gab, die verhindern würden, dass sie jemals glücklich miteinander würden, dass die zusätzliche Tatsache, dass er im Zoo eingesperrt war, eine Erleichterung für ihn war. Aber jetzt, wo er sich so schwach fühlte, war es eine zusätzliche Belastung, und besonders jetzt, da er sich zu fragen begann, ob Josephine und er nicht für eine Weile glücklich zusammen sein könnten.

Er wusste immer noch, dass sie zu stolz waren, um einander sehr lange zu ertragen, aber konnten sie nicht eine Woche, einen Monat oder sogar ein Jahr des Glücks zusammen verbringen?

Vielleicht könnten sie das, aber es war sowieso nicht möglich, und hier war er in einem Käfig eingesperrt, während draußen ein Nigger wartete, der ihn mit ekelhaftem Blödsinn anredete und seine Geduld auf die Probe stellte.

Aber als Cromartie sich noch einmal zusammenriss und in seinen Käfig ging, sprach Joe Tennison ihn tatsächlich nicht an – das heißt nicht direkt. Aber er war genauso ermüdend wie zuvor, aber jetzt war es anders.

Als Cromartie sich niedergelassen hatte und eine Weile las, gab es zwei oder drei Minuten lang keine Besucher, und dann hörte er, wie der Neger mit sich selbst sprach, während er in seine Richtung blickte.

"Armer Kerl! Armer junger Kerl! Die Frauen machen mit einem Mann Heu, das tun sie. Ich habe alles durchgemacht... Ich weiß alles darüber... Oh, gnädig, ja. Liebe! Liebe ist der wahre Teufel. Und dieser arme junge Mann ist zweifellos verliebt. Niemand kann ihn aufmuntern. Niemand außer ihr kann irgendetwas tun, was ihm den Kummer im Herzen verursacht hat. Ich kann jetzt nichts mehr für ihn tun, außer so zu tun, als würde ich nichts bemerken, so wie ich es immer tue." Zu diesem Zeitpunkt wurde der Redner durch die Ankunft einer Gruppe von Besuchern abgelenkt, die vor seinem Käfig stehen blieben, aber danach wandte Mr. Cromartie gegenüber dem Neger die gleiche Methode an, die er immer gegenüber der Öffentlichkeit angewendet hatte. Das heißt, er ignorierte seine Existenz und schaffte es, ihm nie in die Augen zu sehen und achtete nicht im Geringsten auf das, was er sagte.

Als Cromartie am nächsten Morgen mit seinem Caracal, einem Ball, spielte, wie er es gewohnt war, bevor der Orang ihn ausgenutzt hatte, hörte er Josephines Stimme, die ihn rief.

Er warf den Ball seiner Freundin, der hüpfenden Katze mit den Quasten, zu und ging direkt auf sie zu, und ohne eine Begrüßung abzuwarten, sagte sie zu ihm:

„John, ich liebe dich und ich muss dich sofort allein sehen. Ich muss in deinen Käfig kommen und dort mit dir reden."

„Nein, Josephine, nicht – das ist nicht möglich", sagte Cromartie. „Ich kann dich nicht mehr so sehen, und du siehst sicherlich, dass ich es nicht ertragen könnte, wenn du in meinen Käfig kämst, nachdem du weg bist."

„Aber ich will nicht weggehen", sagte Josephine.

„Wenn du jemals in meinen Käfig kommen würdest, müsstest du für immer bleiben ", sagte Cromartie. Er hatte sich inzwischen erholt, sein Moment der Schwäche war vorbei. „Und wenn du dich nicht dazu entschließt, glaube ich nicht, dass wir uns weiterhin sehen können. Ich glaube, ich werde sterben, wenn ich dich so sehe. Wir können nie zusammen glücklich sein."

„Nun, wir sollten besser zusammen unglücklich sein als getrennt", sagte Josephine. Sie hatte plötzlich angefangen zu weinen.

„Mein Liebling", sagte Cromartie, „es ist alles ein dummer Fehler; aber wir werden es schon irgendwie regeln. Ich werde dafür sorgen, dass der Kurator dich in den Käfig neben mir setzt und nicht diesen verdammten Nigger, und wir werden uns die ganze Zeit sehen."

Josephine schüttelte heftig den Kopf, um die Tränen aus ihren Augen zu bekommen, wie ein Hund, der geschwommen ist.

„Nein, das geht nicht", erklärte sie wütend, „das geht überhaupt nicht." Es muss derselbe Käfig sein wie deiner, sonst lebe ich überhaupt nicht in einem Käfig. Ich bin nicht hierher gekommen, um alleine in einem Käfig zu leben. Ich werde deine teilen und alle anderen verfluchen."

Sie lachte wütend und schüttelte ihr gelbes Haar zurück. Ihre Augen funkelten vor Tränen, aber sie blickte Cromartie fest an. „Verdammte andere Leute", wiederholte sie; „Niemand auf der Welt liegt mir am Herzen außer dir, John, und wenn wir in einen Käfig gesteckt und verfolgt werden, müssen wir es einfach ertragen. Ich hasse sie alle und werde trotzdem mit dir glücklich sein. Niemand kann mich jetzt beschämen. Ich kann nicht anders, ich selbst zu sein, und ich werde ich selbst sein."

„Liebling", sagte Cromartie, „du wärst hier elend. Es ist schrecklich; du darfst nicht daran denken. Ich habe einen viel vernünftigeren Plan. Ich kann sie nicht bitten, mich gehen zu lassen. Jedenfalls werde ich das nicht tun. Aber ich bin immer noch so schwach, dass ich leicht wieder richtig krank werden kann, und dann, glaube ich, lassen sie mich gehen und wir können heiraten."

„Das geht nicht", sagte Josephine. „Wir können nicht länger warten und du würdest sterben, wenn du das versuchen würdest. Als Sie hierher kamen, stand in Ihrem Vertrag nichts darüber, dass Sie nicht heiraten durften, oder?" Sie fragte. „Sie müssen ihnen nur sagen, dass Sie heute heiraten werden und dass Ihre Frau bereit ist, in Ihrem Käfig zu leben."

Während dieses Gesprächs waren mehrere Leute in das Affenhaus gekommen, und nachdem sie Josephine höchst empört angesehen hatten, waren sie wieder hinausgegangen, aber jetzt kam Collins herein. Er sah ziemlich verwirrt und verlegen aus, als er Josephine sah, aber sie drehte sich zu ihm um sofort und sagte:

"Herr. Cromartie und ich möchten den Kurator sehen; Würdest du ihn bitte finden und ihn bitten, hierher zu kommen?"

„Sehr gut", sagte Collins; Als er dann Joe Tennison erblickte, der Cromartie und die Dame aus einer Entfernung von einem Meter anstarrte und dessen gelbe Augäpfel fast aus seinem rußigen Gesicht hervorsprangen, befahl er ihm streng, in das Hinterzimmer seines Käfigs zu gehen.

„Oh, ich kann dir etwas sagen, ich kann dir etwas sagen, was du niemals glauben würdest", rief Joe, aber Collins zeigte schweigend mit dem Finger auf ihn, und der Nigger sprang auf und zog sich langsam in sein eigenes Quartier zurück.

Zehn Minuten später kam der Kurator herein.

„Kommen Sie nach hinten, wo wir uns bequemer unterhalten können, Miss Lackett ", sagte er. Dann schloss er die Tür des inneren Käfigs oder der Höhle auf und Josephine kam hinein. Sie setzten sich.

Lackett gebeten, mich zu heiraten, und ich habe angenommen", sagte Cromartie ziemlich steif. „Ich wollte es Ihnen unbedingt sofort mitteilen, um Vorkehrungen für die Zeremonie zu treffen, die wir natürlich so vertraulich wie möglich und sofort durchführen möchten. Nach unserer Heirat ist meine Frau bereit, mit mir in diesem Käfig zu leben, es sei denn, Sie sorgen natürlich dafür, dass wir eine andere Unterkunft haben."

Der Kurator lachte plötzlich, ein lautes, gutmütiges, herzliches Lachen. Für Cromartie schien es ein Stück Brutalität, für Josephine eine Bedrohung. Sie runzelten beide die Stirn und zogen sich ein wenig zusammen, während sie auf das Schlimmste warteten.

„Ich sollte Ihnen erklären", begann der Kurator, „dass das Komitee bereits darüber nachgedacht hat, was im Falle eines solchen Notfalls zu tun ist."

„Aus verschiedenen Gründen ist es für uns unmöglich, verheiratete Paare im Männerhaus zu behalten, und wir haben beschlossen, dass wir für den Fall, dass Sie die Ehe erwähnen, Mr. Cromartie, die Beendigung unseres Vertrags mit Ihnen in Betracht ziehen sollten. Mit anderen Worten, es steht Ihnen frei, zu gehen, und tatsächlich werde ich Sie jetzt hinausweisen."

Während er diese Worte sagte, erhob sich der Kurator und öffnete die Tür. Einen Moment zögerte das glückliche Paar; Sie sahen sich an und verließen dann gemeinsam den Käfig, aber Josephine hielt ihren Mann dabei fest. Der Kurator schlug die Tür zu und schloss sie für den vergessenen Caracal ab und sagte dann:

„Cromartie, ich gratuliere Ihnen ganz herzlich; und meine liebe Miss Lackett , Sie haben einen Mann ausgewählt, für den wir alle hier den größten Respekt und die größte Bewunderung empfinden. Ich hoffe, dass du mit ihm glücklich sein wirst."

Hand in Hand eilten Josephine und John durch die Gärten. Sie blieben nicht stehen, um sich Hunde oder Füchse, Wölfe oder Tiger anzusehen, sie rannten am Löwenhaus und den Viehställen vorbei und schlüpften, ohne einen Blick auf die Fasane oder einen einsamen Pfau zu werfen, durch das Drehkreuz in den Regent's Park. Dort, noch immer Hand in Hand, verschwanden sie unbemerkt in der Menge. Niemand schaute sie an, niemand erkannte sie. Die Menge bestand hauptsächlich aus Paaren wie ihnen.

DAS ENDE